패거리 천국

교육 현장 소설

# 패거리 천국

김효선

토담미디어

항상, 어디에나
잠잠히 자신의 일을, 힘을
같이 나누고 도와주셨던
많은 학부모님과 교사들에게
그리고
건강하게 자라는 학생들에게
재미있는 이야기가 아닌
아픔을 꺼내 보이는 것.
한가득 미안함을 품고
그러나 이름 없이
책 속의 아픔보다
백 배는 더 따뜻함과 신뢰를 주신
선량한 교사와 학부모님들에게 감사를 전합니다.

조직

너와 나
누리 사이에
살아 움직인다.

과장된 내면의 힘이
뒤엉켜
춤을 춘다.

힘의 난동이다.
아프다.

# CONTENTS

패거리
천국

# 친구에게 편지쓰기

친구 윤경아!

올가을에 네가 고향에 왔다는 소식을 듣고 꼭 만나고 싶었는데, 네 일정과 맞지 않아 보지도 못하고 너를 그냥 떠나보냈다. 거리가 멀면 같은 나라 안에서도 만나기가 어려운데, 더욱이 오스트리아로 이민을 간 너를 살아생전에 만날 수 있으려나 하는 생각이 든다. 하긴, 그날 만났다 하더라도 너와 함께 하지 않았던 나의 긴 시간을 어떻게 설명할 수 있었을까. 또, 네가 나의 이야기에 이해와 공감을 가질 수 있었을까……. 꼬리에 꼬리를 무는 생각이 견고한 탑처럼 차곡차곡 쌓이고 있다.

50대 후반에 네가 먼저 연락을 해서 우리 둘이 만났었지. 만난 자리에서 보인 너의 태도를 떠올리면 어쩌면 네가 나를 만나는 것도, 또 나의 이야기를 듣는 것도 피하는 것 같았다. 그날 나의 이야기를 듣던 너의 무덤덤한 표정과 원망 섞인 말투는 이야기를 쏟아낸 내 머릿속의 선명한 기억을 엉키게 했었지. 너와 헤어져 집으로 오는 내내 난 너와의 인연이 여기까지인가 보다, 서

운한 마음을 달래며 오지 않은 미래를 체념했었다. 너와 더 이상 만남이 이루어지지 않았던 것이 하늘의 뜻일 수 있다고 받아들였다.

우리가 처음 만난 건 17세 때였고 같은 학급이었지. 고등학교 1학년 첫 시험을 치르고, 서로 좋은 성적도 아닌 성적표 까놓고, 공부하지 않은 것에 비하면 그래도 용서할 만 하다면서 쓴웃음을 날렸지. 좋지 않은 성적을 서로에게 보여주며 부끄러운 줄 모르는 사이였기에 고등학교 3년은 그래도 가까운 친구 중의 하나라고 굳게 믿었지.

그리고 둘 다 서울에 있는 대학을 다녔지만, 학교가 달라서 너와의 관계는 깊이 맺지 못하고 고향에 갔을 때 잠시 보고 헤어지는 사이가 되었다. 그러나 고등학교 때 가장 많이 붙어 다녔던 친구 중 하나라는 점이 마음을 터놓을 친구로서 든든한 믿음이 있었다.

이런 편지를 쓰고 있는 지금에 와서 보면 친구로서의 친한 것도 같고 아닌 것도 같은, 막연한 감정을 가지고 있었던 것 같다. 너는 가정을 이루고 직장생활로 바쁘게 살던 어느 날, 갑자기 남편의 직장을 따라 오스트리아로 이주한다고 했다. 그 후에는 만남의 기회가 몇 년에 한 번 정도로 뜸했었지. 30대, 40대에는 서로가 각자 생활에 빠져 지나갔는데 어쩌다 네가 고향에 와도 일정이 맞지 않아 나와의 만남은 거의 없다시피 했다. 50대 후반에 들어와 갑자기 네가 오스트리아에서 서울 다니러 왔다면서 먼저 나에게 연락을 해왔지. 난 너무 반가워 한달음에 너를 만나러 갔었다. 얼마나 반갑고, 무슨 말을 해도 들어 줄만한 친구일 것으로 여기고 나갔는데…….

윤경아, 네가 그 자리에서 나한테 거두절미하고 대뜸 "왜 그렇게 했어야 했니?"라는 얼토당토않은 말을 했고, 두 눈을 똑바로 뜨고 나무라는 듯 말했어. 난 그 당시 학교에서 너무나 억울한 일을 당하고 있었던 터라, 너한테 내 답답한 심정을 하소연하고 싶었는데 말이야. 그런데 넌 나의 표정엔 관심을 보이지 않았어. 다만, 뭔가 어디서 나에 관해서 들었는지, 나의 잘못으로 확신하고 따지듯 나무랐어. '얘가 내 직장에서 일어난 일을 알 리가 없는데……. 도대체 이게 뭐지?' 의아했다.

윤경아, 네가 나의 입장을 전혀 들으려 하지 않아 설명할 수도 없었고, 변명할 틈도 주지 않았어. 너를 만난 그날 나는 '나의 억울함'은 한쪽도 내비치지 못하고, 넘어가지 않는 저녁을 먹고 헤어졌다. 그런데 올가을에 와서도 묵은 이야기를 알고 싶지 않아서인지 아니면 진짜 네가 바빠서인지 모르겠지만 일정을 맞출 수 없다면서 그냥 떠나버렸지. 연결되지 않는 인연을 계속하는 것은 서로에게 너무 부담임에도 불구하고 내게 있었던 사실을 너에게 편지로 띄워 보내기로 했다.

이제 우리 모두가 땅 위에 있을 시간이 그리 많지 않으니, 바르게 알려주는 것이 내가 나를 존중하고 너를 존중해 주는 것 같아서다. 어쩌면, 어느 날 갑자기 네가 나를 찾아와 앞뒤 없이 날리

고 간 '왜 그래야만 했었니?'라고 못마땅하게 던졌던 질문에 답
을 주려는 게 맞을 거야.


서울에서 경인고속도로를 타고 평촌으로 들어서면 A천이 흐르는 산
책로가 펼쳐진다. A시에서 서울 시흥까지 자전거를 타고 즐길 수 있는
산책로다. 10년 전에는 시궁창 냄새가 나는 하천이었는데 지금은 1급
수의 맑은 물이 흐르고 있다. A시의 평촌이 시작되는 곳에서 이 개천을
따라 서울 시흥 방향으로 걷다가 하천 중간쯤에서 냇가를 건너면 바로
K정보고등학교의 회색 교문이 보인다.

학교는 1970년대 상업실업고등학교로 개교했다. 당시에는 땅을 넓게
수용하여 터가 크고, 운동장도 축구장 2개 정도는 너끈히 그릴 수 있었
다. 건물은 컴퓨터가 학교에 설치되는 1990년대 새로 건축하여 38개
학급과 각종 최신식 전산 실습실이 설치되었으며, 페인트를 바른 외벽
도 약간의 장식을 하여 외형으로는 어디에 내놓아도 손색이 없을 정도
였다.

다른 고등학교와 마찬가지로 K정보고등학교 역시 학년 말, 4교시 수
업이 끝나면 교무실에는 성적처리, 학급배정, 학생생활기록부 기록, 통
지표의 학부모에게 알림글 작성 등으로 문서가 흩어져 월말 마감을 앞
둔 경리 사무실처럼 분주히 움직이는 분위기였다.

그러나 학생들이 다니지 않는 복도는 달랐다. 교실 창문이 열려 있는
것은 예사였고, 책상도 의자도 제멋대로 여기저기 흩어져 있기 일쑤였
다. 복도를 따라 순회하던 경서는 '아무리 바빠도 그렇지, 교실 뒷정리

를 점검하고 자기 일을 해도 될 텐데.'라며 혀를 찼다.

창문 단속이 된 교실도 들여다보았다. 교장과 교감의 순회와 학교 방문자들이 지나가면 학생들의 수업에 방해가 된다는 이유로 복도 쪽 유리창은 모두 습자지를 붙여놓아 교실을 들여다보기가 어려웠다. 경서는 도둑이 남의 집 안을 들여다보듯이 창 틈새로 들여다보거나 까치발을 들고 목을 쭉 뺀 자세로 문단속이 된 교실을 살필 수밖에 없었다.

몇 교실은 다행스럽게도 창문이 잘 닫혀 있고 책상과 의자도 제자리에 바로 놓여 있었다. 두 개 교실 건너 하나 정도는 창문 단속이 되어 있는 것이 사전에 담임교사의 점검이 있은 듯했다.

이 무렵은 '담임 행정업무'가 몰리는 시기였다. 교사들 가운데에는 학생 관리보다 자신의 행정업무에 치중하는 경우가 많았다. 따라서 교실 청소 검사도 교실의 창문 단속도 살피지 않을 때가 많았다. 문서작성을 완성하고 행정적 처리를 민첩하게 하는 것으로 자신의 교육 활동이 남보다 빠르고 유능함을 나타내는 한 방법이기도 했다.

하지만 이처럼 행정업무가 과중한 중에도 교실 관리와 청소 검사 등을 빠뜨리지 않고 살펴 학생이 바른 습관을 갖추도록 실천하는 교사가 네댓 명 중 한 명 정도 있는 건 다행이었다.

학년 말 같이 교사의 행정업무가 과중할 때는 자연히 학생들의 일상 관리에 대한 관심도가 낮아졌다. 그러면 실업고 학생들의 다수가 자신에 대한 규칙적인 습관보다는 즉흥적으로 일탈하는 학생들이 많아지는 편이어서 마구잡이로 편하게 지나가 버리곤 했다.

더구나 K정보고에는 세심하고 규칙적인 간섭과 칭찬으로 보살펴야 하는 학생들이 더 많았다. 그러나 현실의 필요와는 다르게 교사들도 이 학교에 오면 자유롭고 편하게 지내려고 하였다.

방임에 가까운 생활지도의 원인은 학생들이 학습에 대한 열의가 적고 교사 또한 노력한 만큼 학습효과가 나타나지 않는 결과 때문이기도 했다. 하지만 그것은 교사가 학생 특성에 따른 세심한 실천력이 부족한 탓도 있었다. 학습력이 떨어지고 주어진 책임보다 자신의 놀이에 더 관심이 커서 스스로 해야 하는 일에 등한한 학생들에게는 저학년의 학생들처럼 촘촘하게 관리하고 검사를 동반해야 한다. 그럼에도 불구하고 교사들은 여러 가지 다른 일을 핑계로 학생 습관 지도를 소홀히한 채 스스로 하도록 내버려 두는 게 관례처럼 되어 있었다.

숙제나 학생 개인 과업을 '스스로'에게 맡겨 놓아도 되는 학생에게는 검사횟수 간격을 가끔 해도 무방하지만, K정보고 학생들에게는 그게 통하지 않았다. 좀 더 촘촘히 해야 함에도 그렇게 하지 않았다. 일반학교 교사들보다 더 자유롭고 무책임하게 내버려 두는 경우가 허다했다. 왜냐하면 학생들의 학습기준이 낮아 교사가 노력한 효과가 나타나지 않을 뿐만 아니라, 학생들이 잘 따라오지도 못해 포기하게 되고 교사가 포기하고 나면 오히려 학생과의 관계가 더 편안해지는 면이 나타나기 때문이기도 했다.

2월이란 계절 탓도 있지만, 학기 말의 특성상 학생들이 일찍 하교해서 더욱 스산한 분위기였다. 경서는 신문을 통해 B도 교육청으로부터 C시 교육청 소속으로 교장 승진 발령이 났다는 것을 알았다. 장학사 동기들이 경서보다 길게는 1~2년, 짧게는 6개월 앞서서 승진 발령받은 것을 생각하면 놀랄 일도 아니었다. 하는 수 없이 주는 과자를 받아든 아이처럼 어정쩡한 기분이었다. 다만 한 가지, '이제 나도 발령이 났구나.' 하는 생각과 함께 염궁도 교장 아래에서 벗어나게 되었다는 것이 기뻤다. '어디를 가도 지금보다야 낫지 않겠는가.' 하는 마음이 들었다.

가만히 생각해 보면 '장학사'보다는 '교감'이 교육 현장에 좀 더 현실적이지 않을까 싶었으나 지난 교감 생활은 꼭 그렇지만도 않았다. 그러나 이제는 아니었다. 경서는 교장 역할 또한 교감보다는 업무에 대한 권한과 책임이 생길 것이라는 걸 기대하면서 짧은 독백을 흘렸다. '교장이 되면 자신이 지시한 일에 스스로가 책임지면 되니까……'

실업계 고등학교 교사들은 경서가 교장으로 발령이 났다는 소문이 돌았는데도 자신의 교사 생활과 연계될 일이 없다고 생각한 탓인지 크게 관심을 보이지 않았다. 그래도 몇몇은 3년 반을 함께 근무했기 때문인지 가까이 다가와 다정한 표정으로 "교장 선생님이 되신 것을 축하드립니다. 집 가까운 곳에 발령이 나서 다행입니다." 또는 "C시 어느 학교로 배정받으셨는지 모르시지요? 신도시로 발령이 나시면 교육 활동이 좀 더 나으실 텐데……. 좋은 곳으로 배정이 되었으면 좋겠습니다." 등과 같은 염려 섞인 인사말을 전해오기도 했다.

염궁도 교장은 달랐다. 경서의 발령을 알게 된 염궁도 교장은 실업과 교사들을 한데 모아 놓고 "능력을 인정받지 못해서 아주 조그마한 학교로 발령이 날 거야. 두고 봐."라는 말을 서슴없이 해댔다고 한다.

윤경아!

너도 잠시 학교 교사로 머물렀으니까 인문계 고등학교와 실업계 고등학교(요즘은 특성화고등학교로 명칭이 변경됨)의 차이는 조금 알고 있겠지만, 내부적으로 들어가면 학교의 학생 교육 문제가 생각보다 더 많이 차이가 나고 교사들의 교육활동과 가치기준도 그에 따라 달라져야 한단다.

우리 시대에 혹 네가 학교 근무하던 시절의 고등학교에서는 '용서할 수 없는 학생 행동'이 지금 이 학교에서는 '당연히 받아들여져야 하는 기준'이 되어있고, 80년대 초까지 누렸던 교사들의 권위나 혹은 교사문화도 많이 변했단다.

학생과 교사 간의 문화가 많이 수평적 관계가 되어 가듯이 학교의 관리자와 교사 간의 문제도 수평적으로 변해가고 있단다. 교장이 느끼는 변화의 속도와 교사가 느끼는 변화의 속도는 또 달랐다. 나는 시대 변화에 따른 가치기준 이동 시기의 혼돈된 학교 문화 속에 중간 관리자로 있었단다. 교장은 끊임없이 자신의 권한을 교감에게 누렸고, 교사들은 또 변화하는 가치에 대한 수평적 관계를 교감에게 요구했지.


교장 승진 발령이 나기 전, 경서는 두 명의 교장, 두 명의 교감과 근무했었다. 처음 만난 교장은 1970년대 교직 권력의 정점에 있는 분과 관계가 친밀한 것으로 알려진 서재실 교장이었다. 그는 매사 여유로운 사람이었다. 그는 특이하게도 목사 신분으로 목회 활동을 하면서 학교 교장 직을 유지하고 있었다. 교장이지만 개개인의 교사 활동을 알려고 도 하지 않았으며 교실복도를 순회하는 일도 없었다. '대 교장'이라고 말하는 유형의 관리자였다.

학교 내부의 잔잔한 권한은 Z대 출신의 후배 권석조 교무부장과 G교 대 출신의 박인시 교감이 전권을 쥐고 행하게 했다. 그런데도 그가 교 장으로서의 입지를 세울 수 있었던 것은 당시 학교 교사 가운데 80퍼 센트가 A향우회 사람인 탓도 있고, 은연 중에 작동하는 윗선 권력과 연 결된 힘의 배경을 무시하지 못하는 인간의 계산력 때문이었다.

그러나 박인시 교감도 학교를 순회하거나 수업 관리를 소홀히 하기 는 마찬가지였다. 오직 교감 책상에 앉아 학교 전반을 살폈다. 더욱이 서재실 교장이 몸을 생각하는 것은 다른 사람보다 심하여 봄에는 학교 운영위원장과 향우회 후배 교감, 교무부장과 함께 나무 수액을 마시기 위해 학교를 자주 비웠다. 그뿐만이 아니었다. 가을에는 새우를 먹으러 서해로 갔으며, 인삼 수확기에는 인삼 고장을 찾아다녔다. 이 학교는 38학급의 대형학교라 학교 관리가 힘들어 교감이 2명이 배정되었음에 도 불구하고 경서는 항상 학교를 혼자 지키고 있어야 했다.

왜냐하면 서재실 교장이 교감 후보자 중에 이기훈이란 A향우회 후배 를 교감으로 보내 달라고 요청했는데 이기훈 후보 대신 경서가 이 학 교로 온 탓이었다. 그 바람에 더구나 장학사 출신 여자 교감인 것도 못 마땅한데 고향마저 P도 출신이었으니 미운 것은 모두 갖춘 셈 아니겠 는가. 그래서 그럴까. 그들이 해결하기 힘든 일은 모두 경서 담당이 되 었다. 심지어는 학부모 운영위원들까지 부추겨서 헛소리를 만들어 내게 하였다. '우리끼리'에 힘이 될 교감 대신 실과도 아닌 인문과 교감이 발령이 났다는 것을 매우 못마땅하게 여겼다.

서재실 교장은 경서가 발령 난 뒤 단 하루만 교장, 교감, 교무가 함께 갖는 아침 교무업무기획협의회에 경서를 참여시켰을 뿐, 다음 날부터는 경서를 배제한 채 '우리끼리'만의 교무업무기획협의회를 진행했다. 경서는 그때부터 학교의 교무업무기획협의회에서 논의한 일정을 인쇄물로 받았다. 교장 교감 교무 대면 교무업무기획협의회에서 오고 간 정보는 일절 알 수 없었고, 참석도 할 수 없었다.

교장은 경서가 꼭 필요하면 권석조 교무를 통해 업무를 전달했다. 경서는 교무업무기획협의회에서 팽을 당해도 다행히 장학사로 훈련된 행정업무처리 능력이 뒷받침 되어 1년 반 동안 맡은 일을 꼼꼼히 처리할 수 있었다. 그래서 경서는 그들의 '우리끼리'라는 부당한 조직적 놀음에 아부하지 않아도 업무를 처리하는 데 불편함이 없었다. 그러자 이 학교의 105명 교사와 1년 먼저 온 학교장, 같은 직급의 교감과 교무는 드러내놓고 들으라는 듯 떠들었다.

"A향우회 우리끼리 잘 지냅니다."

"그걸 말씀이라고 하십니까?"

"우리 아니면 이 학교를 누가 이끌어가겠습니까?"

경서는 그들이 한심하다는 생각이 들었다. 학교장이 없는 틈에 38개 학급에서 갑자기 사건이나 사고가 나면 어쩌나. 경서는 늘 그게 걱정이었다. 경서는 학교 전체를 살피는 일을 두 배로 했다. 교장이라면 응당 학교 교육 방향에 뜻이 있어야 하는데, 경서로서는 서재실 교장의 상식 밖의 행동을 도저히 이해할 수 없었다.

지금 와서 생각해 보면 서재실 교장은 교육보다 목회 활동에 의미를 두고 있었던 것 같았다. 서재실 교장의 평소 지론은 '공부하지 않으려는 사람에게 자꾸 공부하라고 하지 마라.'였다.

학교장이 그러하니 가뜩이나 학습력이 떨어지고 게으른 학생 다수가 더 무기력해졌다. 교사들도 교장의 주장에 따라 학생들에게 지나칠 정도로 편하게 해주었다. 규칙도 느슨하고 학생 관리도 약간은 방임에 가까웠다. 목회자라면 '아직 알지 못하여 더디게 가는 아이들'에게 더더욱 연민을 가져야 할 터인데 서재실 교장에게서 묻어나는 것은 무관심과 무성의 뿐이었다.

하루는 권석조 교무가 경서에게 와서, 자신은 서재실 교장이 목사로 있는 교회에 연말이면 백만 원을 헌금한다고 하면서 좀 더 영리하게 사회관계를 영위하는 방법을 터득하라고 일러 주었다. 하지만 경서는 그때 교회에 다니지도 않았고, 또 헌금은 헌금일 뿐 그 이상의 의미를 두고 싶지 않았기 때문에 못 들은 척했다.


J도 국립대 수학과를 나온 전노닥 교사는 날이면 날마다 수업 시간이 되기 전, 커피를 타들고 교실에 들어가는데 늘 10분 정도는 지나야 입실했다. 하루는 순회를 마칠 동안에 전노닥 교사가 입실하지 않았다는 것을 알게 되었다. 부랴부랴 전노닥 교사를 찾아 교무실로 가는 도중 전노닥 교사의 뒷모습이 경서의 시야에 들어왔다. 전노닥은 입실 시간이 많이 지체되었음에도 느린 발자국을 질질 끌면서 교실로 향하고 있

었다. 역시 커피잔을 들고 있었다.

경서는 여느 때 같았으면 늘 했던 말처럼 '좀 일찍 들어가셔야 합니다.' 하고 말았을 것이다. 그러나 그날은 달랐다. 시간도 15분이나 지났을 뿐만 아니라 교사가 없는 틈을 타, 교실에서는 학생들이 복싱을 한다고 책상을 밀어 놓고 난장판을 벌이고 있었다. 하는 수 없이 경서는 "전 선생, 수업 끝나면 저 좀 봅시다." 하고 자리로 돌아갔다. 그러나 전노닥 교사는 3일이 지나도 오지 않았다. 그래도 교사들이 다 보는 앞에서 큰 소리를 내는 방법은 현명하지 않을 것 같아서 경서는 인터폰을 사용했다.

"전 선생님, 면담을 기다리는데 잠시 다녀가시지요?"

그러나 그녀의 대답은 의외였다.

"지금은 일이 많아서 못 가겠습니다."

"그래요? 그럼 급한 일 끝내고 잠시 다녀가세요."

경서는 치밀어 오르는 화를 꾹 참았다.

전노닥은 일주일이 지나도록 경서를 찾지 않았다. 경서는 전노닥 교사의 행위를 그냥 넘기지 않기로 했다. 자신이 교감으로서의 역할을 무시당하는 것 같았다. '우리끼리'라는 구호 아래 A향우회의 힘과 실업계 교감이라는 힘으로 자신의 역할을 무시하고자 하는 그들의 뒷배경은 알고 있었지만, 이런 것까지 잘못 인식되어서는 안 되겠다고 생각한 경서는 이것을 지혜롭게 해결해야겠다고 다짐했다.

전노닥 교사가 K정보고로 전임 온 것은 J시 국립대 선배 전교조 공영조 교사의 배려 덕분이었다. 공영조 교사는 전교조 활동에 관여하고 있었지만, 경서와 만났을 때 상식선을 벗어나는 일은 하지 않았다. 전교조 교사들의 지부 회의에서도 교육 활동에 반하는 반대는 하지 않았으나, 의욕적이기보다는 타성에 젖어있었다.

일테면 누울 자리를 보고 다리를 뻗는 영리한 교사라고 할 수 있었다. 그래서 경서도 공영조 교사와는 어느 정도 전교조 활동의 잘 잘못에 대하여 대화를 나누기도 했다. 그런데 공영조 교사는 경서에게 직접 들이대는 것은 피하고 싶었는지, 앞뒤 없는 막무가내 후배 전노닥 교사를 K정보고로 밀어 넣었던 것이다. 전노닥 교사는 전근 온 지 한 달도 지나지 않아 아프다는 이유로 결근이 잦았고, 그로 인해 보강을 들어가야 하는 수학 교사들의 불만이 터져 나왔다.

"교감 선생님, 이게 도대체 뭐예요?"

"우리가 왜 땜빵을 뛰어야 해요?"

경서는 결국 전노닥 교사가 여러 날 결근한 어느 날, 공영조 부장 교사를 불렀다.

"공 선생, 전노닥 선생의 어떤 장점을 보고 우리 학교에 와서 같이 근무하자고 권했어요?"

경서가 질문을 던지자 공영조는 약간 당황한 표정을 지었다.

"어디 갈 학교가 마땅하지 않다고 하길래 우리 학교는 근무할 만하다고 했는데……."

"그래요? 내가 알기로는 공 선생이 적극적으로 우리 학교로 왔으면 해서 왔다고 들었는데요?"

"전 선생이 그러던가요?"

"아뇨."

"저는 단지 여기가 근무하기 좋다고 했을 뿐입니다."

"그렇죠. 같이 근무하면 좋을 것 같은 후배니까 오라고 하셨겠지요. 그렇지만 공 선생, 우리 학교에 후배를 오게 했으면 근무도 좀 성실히 하도록 이끌어야 할 것 같지 않아요? 같은 수학과 선생님들도 많이 불편해 하시는데. 공 선생, 후배와 결근에 대해 대화를 한번 깊이 나누어 보셨으면 합니다."

경서가 정곡을 찌르자 공영조 교사는 머쓱한 듯 머리를 긁었다.

"교감 선생님의 말씀 잘 알았습니다. 한번 진지하게 이야기를 나눠보겠습니다."

공영조 교사가 언질을 줬는지, 전노닥 교사의 결근이 조금 줄어드는 것 같아서 경서는 내심 안도하고 있었다. 그러나 그것은 잠깐에 불과했다. 며칠이 지나지 않아 이번엔 입실 시간에 관해 문제가 일어났다. 이 학교에서는 '공부하기 싫어하는 학생에게 공부시키려고 애쓸 것 없다.'는 교육 철학이 바탕이 되어 서재실 교장과 박인시 교감이 경서에게 학교 순회, 학생문제 학교 폭력대책위원회 등의 궂은 일은 다 맡겨놓고 자신들은 책상에서만 모든 일을 처리하며 권한을 누리고 있었다.

그러면서 경서가 권한 없는 교감이라는 것을 공식화하고자 했다. 그러나 단순한 책임감으로 뭉쳐진 경서는 그 학교의 이상한 분위기에 쉽사리 빠져들지 않았다. 그들 가운데에도 시시비비를 느끼는 선한 교사 한둘은 있었기 때문이었다.

학교 운영위원장과 교장과 선임 교감과 교무까지 합쳐서 밖으로만 행사를 만들고, 학교 전체를 비울 때가 많았다. 특히 그들은 고로쇠 물이 나오는 철에는 더 자주 학교를 비웠고, 지역 행사에도 참여했다. 그런 까닭에 교사의 근무에 대한 관리는 오직 경서의 문제일 뿐이었다. 안 하면 무능하고 게으른 교감이 되고, 하면 골치 아프고 영리하게 일 처리하지 못하는 교감으로 낙인찍힐 게 불을 본 듯 뻔했다.

경서는 그래서 다시 공영조 교사를 불렀다.

"선배로서 전노닥 교사의 잦은 결근과 무책임한 태도를 어떻게 보세요?"

그러자 공영조 교사는 이미 준비하고 온 듯 서슴없이 대답했다.

"교감 선생님이 저와 대화하듯이 직접 전노닥 교사와도 대화를 좀 해보는 것이 어떠세요?"

"그럴까요? 난 공 선생이랑 대화하는 것만으로도 족하다고 생각하는데요. 또 전노닥 교사와 긴 상담을 하는 게 필요하다고 생각하세요?"

"글쎄요."

"공 선생님도 지금까지 나와 이야기 나눈 것으로 충분하다는 걸 아시지 않습니까?"

"네, 잘 알겠습니다."

경서가 똑바로 쳐다보자 공영조 교사는 눈빛을 피한 채 머리를 끄덕거렸다.

"공 선생이 전노닥 교사의 장점을 보고 권유했으니 수학과 결강이 덜 생기게 하고, 전 선생을 내 앞으로도 오도록 해보세요"

"네, 교감 선생님 죄송합니다."

공영조 교사는 자리를 떠났다. 그리고 다음 날, 전노닥 교사가 학생 통지표 알림난을 기록하고 결재받기 위해 경서 앞으로 왔다. 평소에 알림난 작성도 반대하고 학습지도안 작성도 하지 않던 전노닥 교사가 알림난을 작성해 경서에게로 온 것은 자신이 오지 못한 게 이 '알림난 작성'으로 바빴다는 일종의 변명이었다. 경서는 모른 척했다.

"이 기록하느라 바빴어요? 전 선생, 길게 말하기 싫어요. 수업 종 치면 제 시간에 교실로 들어가 주세요. 수업도 수업이지만, 시작 종이 치고 15분이 지나도록 교사가 없는 상황에서 학생 사고가 일어나면 교장, 교감만의 문제가 아니고, 선생님 자신의 문제가 되잖습니까? 사고가 크게 나 학생들이 불행하게 되면 교사로서 너무 힘들지 않겠어요? 앞으로 이런 일로 다시 면담하지 않도록 합시다."

"알겠습니다. 교감 선생님, 앞으로는 주의하도록 하겠습니다."

전노닥 교사는 고개를 숙인 채 제자리로 돌아갔다.

전노닥 교사 같은 사람들이 경서를 무시하고 싶어 하는 것은 '우리들끼리의 교장과 교감과 교무'의 'A향우회'가 무시해도 좋다는 암묵적 지시가 있었던 것도 하나의 원인이라고 할 수 있었다. 그래도 경서는 자신이 해야 할 역할을 묵묵히 했다.

근무하는 자세는 대충이지만 그들은 '포상' 관련이 있으면 첫째 A향우회와 상업고 교과를 1순위로 하고, 그다음은 전산과와 상과와 인문과가 나누어져 서로 다투었다. K정보고의 인문계 교과는 포상 받을 기회가 아주 적었다. 첫째, 동 교과 협의회를 통과하고 두 번째는 실업 교과끼리의 싸움이었다.

한번은 교육감 포상이 내려온 적이 있었다. 포상 대상자를 추천하고 선정하는 과정에서 경서는 대개 큰 하자가 없으면 그들이 하는 대로 순응했다. 그런데 포상 대상자가 선정된 다음 날 아침, 학교에 일찍 출근한 경서의 앞을 덩치 큰 시커먼 상과 교사가 가로막았다.

"무슨 일이세요. 백 부장?"

그러나 그는 물러서지 않았다. 씩씩거리면서 눈알을 부라렸다.

"교감 선생님이 포상 대상자를 결정하셨다면서요. 왜 저를 밀어냈습니까?"

경서는 아침 일찍 학교에 아무도 없는데, 어두운 곳에서 툭 튀어나와 말도 안 되는 소리를 하며, 앞을 가로막는 큰 덩치의 백 교사에게 공포심도 들었다. 그러나 이참에 백 교사에게 똑바로 가르쳐 주어야겠다고 생각했다.

"백 선생도 잘 아시잖아요. 포상 결정은 혼자 하는 게 아니라는 것을."

경서는 비로소 알 것 같았다. 어제 포상 대상자로 올라왔다가 함께 떨어진 여우 같은 상과 이정섭 부장교사가 백 교사에게 교감들이 방해했다고 충동질했다는 것을. 그러자 향우회와 교과의 패거리 힘이 없는 만만한 경서를 협박하기 위해 경서가 아침 일찍 출근한다는 것을 알고 숨어서 기다리다 나타난 것이었다.

"정말 그렇다고 생각하시면, 포상 대상자와 포상 선정위원회 위원 그리고 박인시 교감과 면담을 다시 합시다."

그날 오후, 모든 일이 백 교사 혼자 오해에서 생겨난 일이고, 괜히 경서를 겹쳐 보고자 한 '작당'이었음이 드러났다. 그러니까 백 교사가 자신의 어리석음을 경서에게 들통 낸 꼴이 되고 만 셈이었다. 교육감 포상이 이럴진대 교육부장관 포상이나 더 상위의 포상이 내려오면 어떨 것인가. K정보고의 '상과'가 가진 특성의 밑바닥이란 참으로 어처구니 없고 기가 찼다.

서재실 교장의 '우리끼리'라는 힘과 염궁도 교장의 '상과 실업교사 우선'이라는 힘으로 '두 교감'을 편 갈라 싸움질시키는 염궁도라는 조직 관리자 밑에서 벗어나는 것은 분명 속 시원한 일이 아닐 수 없었다.

두 명의 교장과 두 명의 교감이 '끼리'라는 '패거리'를 만들어 '인문 교과 장학사 출신의 여자 교감'을 '궂은일 담당자'로 밀쳐놓고, 해결하지 못하면 '무능한 교감' 프레임을 씌우고자 노력한 3년 반을 그래도 경서는 잘 버텼다. 그 속에서 경서는 스스로 자신이 유능함이 많다는 것을 알게 되었다.

그래도 그들은 끝까지 경서에게 무능을 덧씌우고자 했고, 더욱이 작은 학교로 발령이 나서 능력 없다고 알려지기를 고대한다는 것은 어쩌면 당연한 일이었다. 그러나 그들은 생각지도 못한 학생의 폭력 문제, 폭력 대책위원회에서 발생한 학부모와의 문제 해결력이 자신들의 생각과 다르게 되자, 이기훈 교감이 박인시 교감과 새로 온 교장 패거리까지 세력을 합쳤다.

이기훈 교감이 승진 발령 난 곳은 6클래스의 험지였는데 '우리끼리'가 승진한 교감 축하 방문을 평계로 만나서 경서가 발령 난 것에 대한 보복을 여러 가지 의견을 나누었다는 소문이 흘러들어왔다. 그래서 서재실 교장 발령 후, 염궁도 교장이 새로 발령받아 오자 그들은 '끼리'라는 힘으로 이기훈 교감과 박인시 교감이 연대를 이루어 경서의 학교생활을 방해하기 시작했다.

염궁도 교장이 부임한 뒤 'B도 연구학교 행사'도 잘 해내고 학교 운영을 흠 없이 진행해 나가자 염궁도 교장을 술자리로 불러내 '여자 치마폭'에 싸여 일한다고 충동질까지 했다. 염궁도는 자신의 열등감을 장학사 출신 여자 교감 죽이는 쪽으로 슬슬 움직이기 시작한 것이다.

"이것 봐요. 박 교감, 뭐 좋은 방법이 없겠소?"

"글쎄 말입니다."

"뭘 좀 생각해보세요. 그렇게 웃지만 마시고."

"알겠습니다."

박 교감은 머리를 긁적였다. 그러나 웃음기를 거두지 않았다.

교감 2년째 접어들면서 경서는 서재실 교장의 하나님에 대해 묻고 싶었다. 그러나 기회는 쉽사리 오지 않았다. 그렇게 날이 가고 있었다. 어느 날, 점심 식사 후 한 번도 오지 않던 서재실 교장이 경서의 자리가 있는 교무실로 왔다. 학교에 관련한 것, 즉 아주 간단한 것을 묻기 위해서였다. 경서는 대답 끝에 서재실 교장에게 물었다.

"교장 선생님, 하나님을 만나보셨어요?"

어찌 보면 경서의 질문은 황당하기 짝이 없는 것이었다. 그러나 서재실 교장의 대답은 의외였다.

"이천 년 전에 돌아가신 분을 어떻게 만나?"

순간, 경서의 뇌 속 회로가 재빠르게 움직였다. '진실을 말하나? 아니면 내가 하나님은 죽었다고 말하도록 해서 나를 이상한 사람으로 만들려고 하나?' 결국 경서는 "죽은 하나님을 뭘 찾느냐?"는 서재실 교장의 말은 못 들은 것으로 했다. 하기야 벌써 니체란 사람이 신은 죽었다고 외친 지도 오래 되었으니, 서재실 교장의 말 속에도 많은 생각이 담겨 있으리라 여겼다. 이 대화가 있은 지 얼마 후, 서재실 교장은 2년의 근무 연한을 채우고 교회와 집이 가까운 곳으로 발령받아 옮겨갔다.

그러나 '경서의 3년 반의 장학직 경력'은 인정하지 않고, 6개월 먼저 온 박인시 교감이 선임이란 이유로 경서의 경력을 깡그리 무시했다. 그뿐만이 아니었다. 교사 근평을 할 때도 서재실 교장과 6개월 선임 박인시 교감, 권석조 교무와 셋이서 결재하고 경서의 결재는 빠뜨리고 올렸다. 이 일은 인사 규칙을 위반한 일로 경서가 문제화시키면 모두 그 잘못에 대한 책임을 물을 수도 있었다.

그러나 시끄러워지는 것을 싫어하는 경서는 서재실 교장에게 "저는 교사 근평에 큰 영향력을 가지는 것을 원하지는 않지만, 제가 알아야 하는 부분만큼은 앞으로 의논해 주셨으면 합니다."라고 말했다. 그러자 그는 "아, 다음부터는 먼저 알리고 논의합시다." 하고 대답하면서 어물어물 넘어갔다. 그렇지만 그게 그냥 넘어갈 일은 아니었다.

결국 교육청에서 그 문제를 알게 되었는지, 표면적으로는 집 가까운 곳으로 발령 난 것이지만, 교사 근평을 잘못한 문제가 있어서 전보에 영향이 미쳤을 수 있다는 추측이 들었다. 동시에 박인시 교감도 함께 다른 학교로 전근 가게 되었다. 그리고 그 뒤를 이어 새로운 염궁도 교장과 조성규 교감이 부임해 왔다.

경서가 두 번째로 만난 염궁도 교장은 초등학교에서 준교사로 방송통신대를 거쳐 컴퓨터가 학교에 깔리는 초기에 전산 교사로 전향해 교장이 된 관리자였다. 치밀하고 작은 것에 집착하는 것을 빼고는 그래도 문서 처리하는 것은 치밀했다. 전산을 한 영향인지 정확한 면이 엿보였다. 그러나 염궁도도 마찬가지로 교장이란 직책을 권력이라고 생각하는 70~80년대 시대의 가치를 벗어나지는 못하는 사람이었다. 그래서 대접받기를 기대하고, 그 기대에 미치지 못하면 힘을 행사했다.

60년대에는 명절이면, 교감이 교장 집에 교사들을 우르르 몰고 신년 인사하러 다녔던 문화가 있었다. 염궁도 교장은 그런 문화에서 벗어나지 못해, 명절에 교감이 교사들을 몰고 인사 가지 않으면 괘씸하게 여겼다. 또 여름에는 개고기를 좋아해서 일주일에 네 번 정도는 점심을 먹기 위해 개고기집에 따라가야 했다.

염궁도 교장은 자신이 모든 것을 결정하고 지시했다. 지시하는 대로 실천하면 되었다. 그런 면에서는 서 교장과는 달리 편한 점도 있었다. 그런데 지시한 내용의 효과가 부정적일 때는 무조건 교감의 책임으로 돌릴 때는 기가 막혔다. 일이 잘못되면 모두 교감의 잘못이고, 잘되면 모두 자신의 성과로 떠들었다. 그거야 교장이 책임자이니까 그렇다고 인정할 수도 있었다. 그보다 더 큰 문제는 교감을 관리하기 위해 그가 두 교감을 갈라치기를 한다는 것이었다. 처음 그는 부임하자마자 경서를 불러 조성규 교감과 사이를 멀리하라고 마치 큰 비밀처럼 말했다.

"이건 교감만 알고, 조 교감한테는 알리지 마."

그러나 경서는 지난 교감이 업무에서 자신을 지나치게 배제하고 무시하는 것이 싫었던 탓에 그렇게 하지 않았다. 교감끼리 서로 힘을 합해 일하려고 노력했다. 염 교장은 두 교감이 서로 싸울 줄 알았는데 싸우지 않고 오히려 일처리를 잘하는 것을 보고는 경서를 못마땅하게 여겼다. 두 교감 사이를 이간질하여 자기 몫을 챙기려 했으나, 경서가 염 교장의 '싸움 말'이 되어주지 못한 셈이었다.

그러자 염 교장은 전술을 바꿨다. 이젠 조성규 교감에게 술자리에서 주고받은 일을 경서한테는 비밀로 하라고 했다는 것이었다. 진실로 사회는 fair play란 없는 것 같았다. 경서는 상식선을 벗어나지 않고 열심과 성실로 일하고 싶은데 자신의 능력이 출중하지도 않은 데다, 그들이 장난질 치지 못하게 할 울타리가 없는 처지였다. 그래도 그녀는 주어진 일들을 지혜롭게 해결하려고 했다. 악의가 없이 바르게 하면 되겠지, 하는 마음이었다. 그러나 그건 순진한 경서의 생각일 뿐이었다.

싸움에 말려들지 않으려고 양보하면 할수록 더 밀치고 밟으려 하는 게 염 교장이었다. 염 교장은 비열하기가 세상 그 무엇에도 비할 데 없었다. 염 교장은 끊임없이 새로 온 조 교감에게 '경서를 뛰어넘어야 한다.'는 세뇌 교육에 집중했다. 같은 실업계 동 교과의 선배로서 인문과 교감에게 밀리지 않도록 해야 한다는 취지로 설득해 경서에게 덤비도록 만들었다. 그 뒤에는 A향우회의 김기훈 교감과 박인시 교감이 수시로 술자리를 갖고 '여자 장학사 출신 하나 못 죽이냐?'고 부추겼다.

조성규 교감이 처음 발령받아 왔을 때, 염 교장이 조 교감을 열외로 만들려 하기도 했다. 조성규 교감은 경서의 학교로 발령받아 오자마자 부인이 대장암 말기 판정을 받았다. 조성규 교감은 학교 일을 원활히

할 형편이 못 되었다. 결국 경서는 두 사람 몫의 학교 일을 혼자 감당해야 했다. 조성규 교감의 병구완 노력에도 불구하고 조성규 교감은 부인을 잃었다. 그리고 다시 조성규 교감이 출근한 것은 딱 1년이 지난 2월, 학교업무 분장과 내년 교육과정을 계획하는 기간이었다.

"경서 교감 선생님, 혼자 수고 많으셨어요."

조성규 교감은 1년 동안 자신의 부재를 메워주고 혼자 어렵게 일한 경서에게 고맙다고 머리를 숙였다.

"무슨 말씀을요. 정말 안 되었어요. 뭐라 위로의 말씀을 드리기가……."

경서는 조성규 교감이 진심을 나타내는 것이라고 여겼다. 그러나 아니었다. 조성규 교감은 또다시 승진 순서를 앞에 넣어주겠다는 염 교장의 거래에 넘어가 버렸다. 장학직 경력 3년 반과 교감 경력 2년을 합하면 5년 반 앞선 경서를 교장 승진을 위한 교감 근평 배정 순위에서 밀어내고 조성규 교감을 앞세워 주겠다고 꼬드긴 것이었다.

그러자 교장의 부당한 거래에 붙어 조성규 교감은 자신의 실익을 챙기려 하이에나처럼 덤볐다. 두 교감 사이를 싸움 붙이려 노력했으나 별 효과를 보지 못하자 염 교장은 극단의 전술을 시작했다. 경서가 생각도 하지 못할 전술을 또 짠 것이다.

전술이라는 게, 염 교장이 출장을 가면서 경서를 학교 밖에까지 나쁜 교감, 교만한 교감으로 소문을 내자는 것이었다. 염 교장은 학년 초에 경서가 업무분장을 조직하고 교육과정을 기획해서 교장이 출장 가고 없을 때, 경서에게 발표하라는 것이었다. 물론, 염 교장은 출장에서 돌아와 결재를 하겠다는 꼼수였다.

염 교장은 출장 가기 전, 아무도 없는 곳에서 조용히 경서를 교장실로 불렀다. 영문을 모르는 경서는 빠르게 교장실로 들어갔다. 염 교장은 경서가 들어서자 한 마디로 잘라 말했다.

"교무분장을 경서 교감 선생님이 조직하세요. 내가 출장에서 돌아오면 늦어지니까 사후 결재하는 것으로 하고 그 전에 발표하세요."

경서는 깜짝 놀랐다. 그건 교장의 결재를 받아야 하는 중요한 일인데 지시사항이 이상했다. 평소에는 하나라도 자신의 결정이 나기 전에 하면 격노를 하던 염 교장이 너무나 다른 태도를 보였다.

"그래도, 교장 선생님 결재가 있어야 하는데요."

"허 참, 내가 지시하는 대로 하면 되지 않습니까? 내가 출장 다녀온 뒤 결재하려면 학기 초 일정이 너무 늦어지니까 경서 교감 선생님이 책임지고 조직하고 발표까지 마무리하라는 거예요. 아시겠어요?"

그는 짜증 섞인 목소리로 말했다. 경서는 더 이상 말꼬리를 물고 늘어질 수가 없었다.

"네, 잘 알겠습니다. 걱정 마시고 편히 다녀오세요. 그럼 사후 결재하는 것으로 모든 업무 조직과 발표까지 해 놓겠습니다."

"그렇게 하세요."

경서는 교장실을 나왔다. 교장이 그렇게 얘기하는 터라 다른 말을 할 수가 없었다.

염 교장이 출장 간 후 경서는 비밀리에 하라는 일은 잘못된 것으로 판단하고 그것을 조성규 교감과 각 교과부장을 중심으로 회의를 열어 의견을 수집했다. 그 후 조성규 교감과 둘이서 마지막 결정을 했다. 그리고 문서를 작성하여 교무, 교감 결재까지 하고 교장결재란을 비워둔 채 다시 염 교장에게 전화했다. 그러자 염 교장은 무엇 때문인지 갑자기 화를 내면서 지시대로 하면 되지 왜 전화는 하느냐고 목소리를 높였다. 그래서 경서는 다음 날 교무회의를 열었고, 결국 발표했다.

그런데 조성규 교감이 자꾸 경서에게 교장 오면 발표하는 게 좋을 것 같으니, 발표한 것을 취소하라고 했다. 염 교장이 하는 태도도, 조 교감이 하는 태도도 이상했다. 경서는 회의장에 다시 들어가 알렸다.

"교장 선생님이 사후 결재로 발표를 마치라고 했지만 아무래도 교장 선생님이 부재 중이라 지금 발표한 업무분장은 교장 선생님 오신 후에 수정하여 결재 받고 다시 발표하겠습니다."

그런데 출장 후 돌아온 교장의 태도는 돌변해 있었다. 조성규 교감은 교장의 전술을 알고 있었던 것이다. 염 교장의 전술은 장학사 출신 교감이 교장 결재 없이 교만하게 마음대로 학교 업무 조직을 하고 발표했다는 소문을 내서 여론화하려 했다.

그리하여 경서를 매장하려는 속셈이었지만 조성규 교감이 부인 병실 지키는 1년과 부인의 죽음 후, 경서의 태도로 염 교장의 의도를 미리 알고 업무분장 발표를 취소하도록 해준 것이었다. 염궁도 교장이 지시한 사항을 덫으로 놓아두리라고는 상상도 하지 못했다. 경서는 자신이 지금껏 만나온 사람들 중에 염궁도 교장처럼 제 입으로 한 말을 빌미로 타인을 욕보이는 교활하고 치사한 사람은 없었다고 믿고 싶었다.

하기야 경서가 20대 중반에 만난 이상한 J도의 전설 강미자란 교사는 아무도 없는 곳에서 온갖 말을 만들고는 같이 있었던 사람이 했다고 뒤집어씌우기도 했다. 강미자는 서로 경쟁관계에 있는 동료였지 상관은 아니었다. 강미자는 승진과 출세를 위해 두 얼굴을 만천하에 부끄러움 없이 내놓곤 했었다. 강미자는 경서가 '꼬붕'이 되기를 원했다. 다른 교사에게 선물을 하나 주면 경서에게는 둘을 주면서 회유했다.

처음 강미자를 만났을 때는 유머 감각도 있고, 돈도 잘 쓰고, 70년대 중반에 자가용을 가지고 있었으며, 또 어디를 가나 경서를 먼저 태우고 친절을 베풀어 호감을 가지고 있었던 것도 사실이었다. 그래서 참 좋은 사람이라고 생각했는데 얼마 가지 않아 강미자가 경서를 데리고 다니는 것은 자신의 거짓말을 경서가 한 것으로 포장하려 했던 것임을 알게 되었다. 상대의 지나친 친절은 조심하라는 말이 딱 맞았다.

1976년, 그 시절에는 명절이나 일이 있을 때마다 어른들에게 인사하는 관습이 있었다. 항상 강미자가 하는 말은 '존경스러운 교장 선생님' 등등, 극존칭으로 웃어른을 모셨다. 경서는 그런 그녀가 존경스럽기까지 했다. 강미자는 일할 때마다 항상 경서를 앞세워 데리고 다녔다.

그러나 시간이 얼마 지나지 않아 강미자가 그 자리에서 하지 말아야 할 이야기를 슬쩍슬쩍 흘리고, 그 후에 자신이 한 이야기를 경서와 자신이 둘이 있었다면서 경서를 앞세워 거짓을 강미자의 실리에 맞게 변형한다는 것을 느끼자 멀리하기 시작했다.

그때부터 경서는 강미자가 괴롭히는 거짓과 힘에 의해 왕따가 되어야 했다. 그렇게 극존칭을 하던 교장에게 '물 먹은 붕어는 가라앉지 않아요.'라고 했다, 그 말의 의미를 처음에는 이해하지 못했다. 왜냐하면 강미자가 평소 교장 선생님에 대한 태도는 극 존경이었기 때문에 경서는 정말 그녀가 윗분에게 존경심으로 대접하는 줄 알았던 탓이었다.

시간이 지나면서 돈에만 의존하는, 돈의 힘만 믿는 극단적인 이상한 40대 여교사라는 것을 알게 되었다. 그러나 강미자는 승진을 위해 상식을 벗어난 말과 행동을 하는 것으로 학교에 부임해 온 지 6개월도 지나지 않아 알려지게 되었다.

그런 일들로 경서는 강미자를 멀리했다. 그러자 강미자는 경서가 '꼬붕' 노릇을 않는다고 대놓고 '개고기 먹은 년'이라고 했다. 경서는 '개고기 먹은 년'이란 소리를 들어 본 적이 없어서 무슨 뜻인지 처음엔 알지 못했다. 그러나 경력 있는 옆 자리의 교사에게 물었다.

"선생님, '개고기 먹은 년'이란 어떤 뜻으로 하는 말이에요?"

"호호, 누가 한 말이에요?"

"강미자 선생님이 나에게 한 말입니다. 의미가 무엇인지 알 수가 없어서요."

"아, 경서 선생이 강미자 선생님 말을 잘 듣지 않았나 보네요? 그 말은 뻑뻑하고 함부로 다룰 수 없는 사람이란 뜻이지요."

그녀는 깔깔거리며 웃었다.

그러나 돈이 많아 자주 점심을 사는 강미자 앞에는 짬뽕 국물에 빠진 남교사들이 많았다. 그들은 자신과 동향이라는 이유로 강미자가 옳지 않아도 같은 편이 되어 짬뽕 국물에 술 한 잔 얻어먹고 시시덕거리는 게 '강미자'보다 더 졸렬하고 보기 싫었다.

강미자는 장학사가 되기 위해 교육청 장학관과도 자주 만나고 대접도 했다고 스스로 경서에게 말했다. 강미자의 말을 빌자면, '물 먹은 다수의 윗선'에 의해 가라앉지 않고 '장학사'가 되었다. 그러면서 날뛰었다. 강미자의 거짓과 물질의 싸움은 남자 장학관들도 목 뒷덜미를 잡고 쓰러지게 했다.

경서는 20대 중반에 강미자를 보면서 '저 여자는 교장까지 승진하겠다. 그러나 그 이상 승진하면 우리나라는 정말 썩은 거다.'라고 생각하게 되었다. 아니나 다를까. 강미자는 결국 '교육장'까지 승진했다. 강미자는 시운을 타고난 셈이었다.

강미자가 도덕의 경계선을 넘는 '물먹은 붕어'를 만드는 일은 '식은 죽 먹기'였다. 여기에 한 수를 더하는 일이 생겼다. '물먹은 붕어'들이 강미자의 거침없는 돈으로 사람 사는 일과 승진으로 온몸에 힘을 주고 있을 때, '중대한 선생'께서 대통령이 되어 강미자의 어깨에 날개를 달아주었다.

'강미자에게 물 먹은' 교육계 인사들 중에 딱 한 사람, 정한율 장학관은 강미자의 승진을 막았다. 강미자의 승진을 반대한 정한율도 A향우회 사람이었다. 그러나 정한율은 매우 곧은 사람으로 강미자가 해온 이력을 다 알고 있었고, 강미자 또한 정한율이 반대한다는 것을 알고, 대접의 수위를 더 더욱 높였지만 결론은 '안 된다.'였다.

그러나 A향우회의 힘이 되도록 윗자리에 올리기를 바란다는 중대한 선생의 뜻이 넌지시 전달되자 어깨에 날개를 달고 그 시대에 교육장 자리까지 오르게 된 것이다.

그리고 세월이 많이 흘러 '장학직' 승진의 문제가 '동아줄'에 너무 매여 있어서 교육에 대한 전문지식 하나 없이 장학사가 되는 것을 막고자 '공채'라는 새로운 시험 제도가 나오게 되었다. 경서 또한 바뀌는 시운에 따라 '장학직'을 거쳐 관리자가 되었다.

장학사 시험에 합격하여 신임장학사 연수를 간 자리에서 장학관이 된 강미자를 만났다. 경서는 멀리서 강미자가 있는 것을 발견하고 구석진 자리를 잡아 앉았는데 강미자가 경서 곁으로 다가왔다. 그리고는 작은 소리로, '내 너 이 자리에 올 줄 알았다.'는 말을 비아냥거리듯 흘리고는 지나갔다. 경서는 강미자의 목소리를 듣고 소름이 돋았다. 경서는 속으로 '자기가 뭔 점쟁인가?'라는 생각을 했다.

경서는 사실 승진을 위해 크게 노력한 것이 없었다. 승진을 위해 싸우는 사람들을 보면 머리가 아팠고 그렇다고 성격상 윗어른께 잘하지도 못하였기에 그 당시 제도로는 승진을 꿈꿀 수 없었기 때문이다. 강미자는 '자신의 물을 먹은 붕어' 만드는 방법과 중대한 선생이 대통령으로 나타나 승진했고, 경서도 제도가 바뀌는 천운을 누린 셈이었다. 경서는 강미자와 근무지가 다르게 바뀐 후에 잊어버리려 애썼다. 100 미터 전방에 강미자가 보이기만 해도 머리가 아팠다. 그때부터 강미자에 대한 트라우마가 생겼다.

강미자는 출세와 권력을 가지려 상상을 초월한 '특이한 사람'이라고 동료들 사이에 각인 되었다. 그래서 노련한 선배 교사는 '강미자'를 말할 때 앞뒤 아무 설명 없이 '괴물'이라고 말했다. 출세를 위해 상상하지도 못할 거짓말을 하는 강미자라는 사람을 경험하고서도 타인을 계산해서 바라보는 지혜가 부족한 탓인지 경서가 모신 교장 염궁도가 다른 속셈을 가지고 지시를 내리리라고는 상상하지도 못했다.

105명의 교사를 안고 학교 운영이 잘되도록 함께 일해 가야 하는 게 교장의 임무였다. 더욱이 경서와는 승진을 위한 경쟁 상대도 아니었다.

염 교장은 학년 초, 아무도 모르게 경서만 슬쩍 불러 업무분장을 지시했다. 사후 결재할 테니 발표까지 하라 해놓고는 그것을 덫으로 경서를 구렁텅이로 내몰려고 한 사람이 교장이라니, 참 어처구니가 없었다. 경서는 교장이 없을 때 업무분장을 혼자 하지 않았다. 염 교장의 전술에 무조건 가담하기엔 경서 자신에게도 부담스러웠기 때문에 조성규 교감과 각 교과부장의 의견을 충분히 수용했다.

사실, 조성규 교감은 경서에게 교장이 사후 결재하고 발표까지 마감하라는 것을 내버려 두었다. 그랬던 조성규 교감이 갑자기 경서가 발표한 것을 취소하도록 했다. 경서는 적극적으로 발표를 취소하도록 한 조성규 교감의 태도를 보고 '아, 뭔가 뒤에서 한 이야기가 있을 수도 있겠다.' 싶었다.

"교장 선생님의 사후 결재 약속이 있었지만 아무래도 오신 후에 다시 한 번 수정할 것이 있을 수도 있으니 확인하고 결재 후에 발표하는 것으로 하겠습니다. 지금 발표된 것을 취소합니다." 하고 회의를 마쳤던 것이다.

염궁도 교장은 출장에서 돌아와 자신의 계획대로 되지 않자, 이젠 노골적으로 내놓고 조성규 교감을 앞세워 경서를 괴롭히기 시작했다. 드디어 또 하나의 일을 만들 수 있는 기회가 왔다. 다음 해에는 기간제 교사를 8명 뽑아야 했다. 교장이 경서에게 내린 지시 사항은 '남자 교사로만 뽑아라.'였다. 경서는 교장의 지시에 최대한 맞추기 위해 1월 초부터 기획하여 채용공고를 올렸다.

결국 교장이 원하는 대로 8명의 남자 교사를 기간제로 선발하였고, 그것도 교장이 결정하여 채용했다. 그런데 채용 후 아무도 교장에게 감사하다고 인사하는 사람이 없었는지, 교장은 경서에게 돈을 받지 않았느냐고 다그쳤다. 정말 기가 찰 노릇이었다. 경서는 피가 솟구치는 분노가 끓어올랐으나 냉정하게 말했다.

"교장 선생님, 무슨 말씀을 그렇게 하세요?"

그러자 염 교장은 기간제 교사를 몰래 불러 확인한 모양이었다. 아무도 경서에게 돈을 건넨 사람이 없자, 더는 경서를 쪼는 짓을 그만두었다. 그때까지도 경서는 교감이 돈을 받아 교장에게 주어야 하는 게 관례라는 걸 몰랐다. 돈을 어떻게 받을 수 있는지도 알지 못했다. '꼭 사례비를 받고 싶었다면 교장 혼자만의 방법으로 하든지…….' 경서는 난감했다. 그일 뿐만 아니라 교감이 한 명 있는 학교가 아니라, 교감이 두 명이 아닌가. 시시때때로 지시사항을 달리해 혼선을 빚고 그것을 경서의 잘못으로 몰아갔지만 결국 염 교장의 교감 관리 방법이란 것을 알게 되었다. 조성규 교감은 처음과 달리 선임 교감보다 승진을 앞서게 해주겠다는 염 교장의 감언이설에 움직이기 시작했다.

이런 교장과 교감 아래 있는 이 학교 교사들의 문화는 포상에 대한 싸움 또한 머리가 터졌다. 자신들이 노력할 것은 아예 생각하지도 않았고, 실질적으로 공훈이 없는 실과 부장들도 머리를 맞대면 싸움질이었다. 실업계 자기들끼리 작업해놓고 경서 교감이 결정했다고 경서를 끼워 싸움을 시키는 게 다반사였다. 그래서 3자 면담, 혹 4자 면담 후에 경서는 그들이 만들어 놓은 올가미에서 벗어날 수 있었다.

인문 교과 교감이라고 일요일에 전산 자격시험 감독 후에 주는 수당도 실과 교감이 받는 것에 50퍼센트로 책정해주었다. 그래도 그게 교장의 결재 사항이므로 부당하다는 생각은 하지 않았다. 경서는 감독 수당을 올려달라고도 하지 못했다.

그런 점에서 보면 치사하고 졸렬한 그들에게서 벗어나 교장으로 발령 난 것은 정말 기뻤다. 그래도 교장이 되면 좀 공정한 결정을 할 수 있을 것 같고, 자신이 한 말과 결정에 스스로가 책임질 수 있는 것이 교감 자리보다는 나을 듯했다. 하긴 일차 시 지정만 발령 상태여서 정말로 염궁도 교장의 악담같이 아주 작은 학교로 발령이 난다면 어쩌지 하는 걱정도 있었다. 어느 학교로 배정이 될까, 하는 궁금증도 일었다. 그러나 경서는 아직 발령받지 못한 사람도 있다는 것을 생각하면서 '괜찮아. 어디로 가든지 잘할 수 있을 거야, 아무 걱정하지 말고 기다려.' 하며 스스로를 위안했다.

신문에서 발령 소식을 알고 이틀이 지나 시교육청의 발령학교가 발표되었다. 모든 소식에 발 빠른 옆 학교 조문송 교감이 연락을 해왔다.

"교장 선생님 되신 것 축하드립니다. S시 S중학교로 배정되셨네요, 알고 계시지요? 저는 그 옆 Y여자중학교로 배정이 되었어요. 12학급 학교인데요, 교장 선생님은 33학급의 큰 학교입니다. 대형학교입니다."

경서는 그 소식이 무엇보다 기뻤다.

"아, 그래요? 조 교장 선생님도 승진 발령 축하드립니다. 구도시 어려운 학교로 발령 났으니 앞으로 서로 도우며 일해 봐요. 학교가 크고 작은 것은 문제가 되지 않지요. 뭐, 안 그래요?"

"아, 그래도 학교가 너무 작으면 예산상 운영의 어려움이 있잖아요?"

조 교장은 그래도 작은 학교로 발령 났다는 것을 아쉬워했다.

"큰 학교는 또 다른 어려움이 있을 수 있지요."

"그럴까요?"

조 교장이 웃었다.

"경서 교장, 정말 그러네요. 가지 많은 나무 바람 잘 날 없다고 하잖아요? 그 학교는 교사들의 반대를 위한 반대가 너무 심해서 학교 운영이 어렵다고 하네요. 그래서 전임 이미진 교장이 몇 번을 울었답니다. 겨우 2년 근무 연한을 채우고 전보해서 신도시의 R중학교로 어제 발령 났다더라고요. 그 자리에 경서 교장이 발령 난 겁니다. 그 S시 정영숙 교육장도 그 학교 교사들을 이겨내지 못하고 뒤로 물러섰다고 합디다. 그러니 경서 교장도 정해진 2년 잘 채우고 빠져나오도록 하세요.

그 학교의 전 전임 교장은 2년도 못 채우고 1년 만에 특별 전보 발령을 신청해서 떠났다 하고요. 좋은 정보 전하지 못해 마음이 아픈데 문제가 많은 어려운 학교에 발령되었다는 것은 알고 가세요. 그다음이야 능력 있으신 경서 교장의 현명한 판단이 해결점을 찾으시겠지요, 그래도 경서 교장은 잘하실 거예요. 난 학교가 좀 작아 예산 상 운영이 어려운 점은 있지만 S중학교만큼 문제가 있는 것은 아닌 것 같아요."

위로 아닌 위로의 말을 전하면서 조 교장은 자신의 작은 학교 발령에 대한 위로까지 겸하고 전화를 끊었다. 새로 교장 발령 난 학교의 분위기 문제가 있다는 말이 여기저기서 들려 경서는 가슴이 답답했다. 그런데도 경서는 '교장은 자신이 결정하고 그 결정에 자신이 책임을 질 수 있으니 지금보다는 나을 거야.' 하고 단단한 독백을 곱씹었다.

'평범한 교사 78명과 아이들 1,560명, 약 3,000명의 학부모들이 만들어 내는 각종 여론을 견디고 이겨낼 수 있을까? 먼저 근무한 교장들이 해도 해도 교육적 효과가 나지 않는 곳이라고 하는데 아무 것도 기대하지 말고 편하게 교사들이랑 2년만 숨죽이고 무사 안일하게 지낼 수 있을까? 그래 지금 여기서 고민한다고 해결될 것은 아무것도 없어. 가서 부딪쳐 보는 거지 뭐.'

경서는 교감으로 근무한 학교를 떠나기 전까지 한 번 더 살펴보고 가자 생각하고는 복도 순회를 나섰다. 문단속이 되지 않고 너무 지나치게 흩어진 교실에 들어가 주섬주섬 정돈을 했다. 책상과 의자를 정리하고 4층에서 2층까지 복도 순회를 마치고 건너편 별관에서 학급 배정과 행정업무를 하는 1학년 교무실 가까이 가고 있었다.

그때였다. 교실 건너 본관 중앙현관 쪽 계단으로 분홍보자기를 들고 들어서는 낯선 사람이 보였다. '누가 이 시간에 무슨 일로 방문할까?' 하는 궁금증이 생겼으나, 경서는 별관에 들어서자마자 1학년 학급 배정으로 바쁜 교사들에게 관심을 빼앗겼다. 그리고 그들을 향해 큰 소리로 물었다.

"수고 많으십니다. 학급편성이 거의 완성되어갑니까?"

"네, 오후 3시 전까지는 가능할 것 같습니다."

"1학년은 속도가 빠릅니다."

교사들과 대화하는 중에 인터폰이 울렸다. 반 편성하는 책상 옆에 서 있던 C교사가 받았다.

"아, 행정실이에요? 교감 선생님께 손님이 오셨다고요? 네, 알겠습니다."

C교사는 인터폰을 내려놓고 경서를 향해 돌아보았다.

"교감 선생님, 손님이 오셨다고 합니다. S시의 S중학교에서 오셨답니다. 빨리 건너 오셨으면 하는데요."

"아, 그래요? 알았어요, 제시간에 퇴근할 수 있도록 일을 마치세요, 그럼 나머지는 선생님들 수고!"

별관에서 건너편에 보였던 사람들이 경서를 찾아온 손님인 모양이었다. 경서는 빠른 걸음으로 행정실로 향했다.

큰 두상에 짙은 쌍꺼풀 수술을 한 얼굴에 키가 큰 여자와 멋진 바바리 코트를 펄럭이는 작은 키의 남자가 복도와 교실을 기웃거리며 교무실을 향하고 있었다. 복도 끝 쪽에 있는 행정실에 도착하자, 여자가 작은 창구에 먼저 얼굴을 쑥 들이밀었다.

"S시 S중학교에서 왔습니다. 경서 교장 선생님 만나러 왔는데요."

경상도 억양이지만 서울 말씨를 덧입힌 탓인지 상냥함이 배어 나왔다.

"아, 경서 교감 선생님 말씀이세요? 무슨 용무로 오셨지요?"

"네, 이번에 경서 선생님이 우리 학교 교장으로 발령이 나셨어요. 그래서 부임하시기 전에 먼저 뵙고자 왔습니다."

그 소리가 들리자 행정실 안쪽에 앉아 있던 행정실장이 일어났다.

"우리 교감 선생님이 S시에 있는 S중학교로 교장 발령이 나셨다고요? 그럼 잠시 들어오세요. 교감 선생님께 연락드리고 바로 안내해드리겠습니다."

두 사람이 소파에 앉자 여자 직원이 교무실로 인터폰을 눌러 교감이 있는지 확인을 서둘렀다. 그리고 잠시 뒤 여자 직원이 행정실장을 돌아보며 말했다.

"교감 선생님이 1학년 학급 배정하는 곳에 계시다고 합니다. 제가 가서 모시고 오겠습니다."

"아, 그래요? 그것보다 손님들께 먼저 차 한 잔 내 놓으시지요."

그러자 키 작은 남자가 손사래를 쳤다.

"아, 아닙니다. 잠시 후 교장 선생님 만나면 같이 하겠습니다."

"그럼 그렇게 할까요? 우리 학교 교장 선생님이 마침 출타 중이어서 교장실이 비어 있습니다. 그럼 잠시 교장실로 모시겠습니다."

행정실장은 두 사람을 교장실로 안내했다. 교장실에 들어서자 굵은 쌍꺼풀의 여자가 큰 소리로 감탄사를 터뜨렸다.

"이 학교 교장실은 꽤 크네요. 가구도 모두 품격 있고요."

그러자 곁에 앉은 남자가 변죽을 맞추듯 입을 열었다.

"그럼, 대형학교이니까 학교 운영위원의 수도 많을 것이고, 찾아오시는 손님도 많을 텐데 이 정도는 갖추어야 하지 않겠어요?"

알겠다는 듯 입을 크게 벌리고 웃는 여자는 옷과 장신구로 멋을 잔뜩 부렸으나 워낙 드러나게 꾸민 모습이어서 세련미가 없어 보였다. 그러나 자신이 매우 멋지다고 생각하는 듯했다. 옆에 있는 키가 작은 남자와 비교할 때는 제법 커 보였지만, 보통 키보다 약간 큰 정도였다. 복도로 나가 안에서 들리는 소리로 교감의 소재를 확인한 여직원은 죄송하다는 소리를 연발하며 문을 열었다.

"교감 선생님, 지금 손님이 와 계세요. 교감 선생님이 S시 S중학교 교장 선생님으로 발령이 났다고 찾아오셨어요. 빨리 건너와주세요."

그리고 곧바로 교장실로 돌아와 알렸다.

"잠시 기다리면 되겠습니다. 별관에서 교감 선생님이 이리로 오고 있으니까요. 커피 드릴까요?"

그러나 여직원이 대답을 듣기도 전에, 행정실의 다른 직원이 어느새 커피 두 잔을 들고 들어선다. 두 사람은 커피잔을 내려다보며 서로 눈을 맞추다가 어깨를 살짝 들썩이며 웃었다.

"고맙습니다. 잘 마시겠습니다."

급한 걸음으로 달려오는 경서에게 억센 경상도 억양에 서울 억양을 약간 섞어 교양 있는 자세로 남자 교감과 대화하는 모습이 들어왔다.

"오래 기다리셨죠?"

경서가 들어서자 두 사람은 자리에서 벌떡 일어났다.

"저는 S중학교의 교무부장 진지아입니다."

여자가 먼저 꾸벅 머리를 숙여 인사했다. 그리고 옆으로 비켜서면서 남자를 소개했다.

"이분은 이승원 교감 선생님이십니다."

남자는 바바리 자락 한 줌을 접으면서 머리를 수그렸다.

"이승원 교감입니다. 저희 학교 교장 선생님으로 오시는 것을 환영합니다."

그는 작고 찌그러진 눈웃음으로 어색한 표정을 감추고 있었다.

"앉으세요. 두 분 모두 학년 말, 학기 초 업무로 바쁘실 텐데, 어려운 걸음 하셨네요. 이미진 교장 선생님은 안녕하신가요?"

"네 건강하십니다. 교장 선생님도 새로 부임하는 학교로 가시기 위해 짐을 꾸리고 계십니다, 교장 선생님께서는 아직 짐을 싸지 않으셨나요?"

"네, 아직 정리하지 못했습니다."

그러자 진지아 선생이 불쑥 나섰다.

"옮기실 짐이 많으면, 오늘 우리가 조금 가져다 드려도 될 텐데요."

"아뇨, 아직 아무것도 정리하지 않았고, 또 그럴 만큼 가져갈 짐이 많지 않습니다."

경서는 손을 저었다. 그래도 진지아 선생은 물러서지 않았다.

"우리 교장 선생님은 짐이 많아 어제도 한 박스 집으로 옮기셨는데, 들고 오시기 불편한 것이 있으면 저희들 편에 주세요. 가져가 잘 보관해 놓겠습니다."

"걱정 마시고, 오늘 오신 일을 먼저 말씀하시지요."

B도 교육청 인사과 장학사들은 인사철이 되면 분홍보자기에 인사서류 문서를 싸서 들고 다녔다. 왜 그렇게 분홍보자기에 인사서류를 싸 가지고 다녔는지는 모르지만, 한때 인사 장학사들 사이의 문화였다.

그것을 본 기억이 있던 경서는 멀리 건너편 별관에서 본관 중앙현관에 들어서는 분홍보자기를 든 키 작은 남자와 그 남자와 비슷한 키의 여자가 뒤따라 들어가는 것을 보면서, 'B도 교육청 인사 장학사가 온 것도 아닌데 누가 저런 분홍보자기를 들고 학교에 왔지?' 했는데 진지아 부장 옆에 그 분홍보자기가 놓여 있었다. 경서가 도교육청 인사 장학사의 인사서류 보자기 같아 보이는 분홍보자기에 눈길을 주면서 물었다.

"무슨 서류를 가져오셨나요?"

진지아 교무부장이 자세를 고쳐 앉았다

"네. 전년도 교육과정 책자와 신학년의 업무부서 조직과 업무분장표입니다."

진지아 부장이 이윽고 보자기를 풀어 놓았다. 경서는 그들이 내어놓은 문서를 훑어보았다. 그것은 학교 전반에 걸친 업무부서와 부서별 부장 보직까지 이미진 교장의 결재가 난 문서였다. 경서는 아무 말 하지 않고 이승원 교감이 설명하는 업무조직을 한참 동안 들여다보았다.

"업무분담과 교육과정 일정은 어느 정도 초안으로 맞추어 이미진 교장 선생님의 결재가 났습니다만 아무래도 새 교장 선생님의 결재가 있어야 하는 문제라서 오늘 먼저 뵙고자 왔습니다."

경서는 속으로 황당했다. 새 교장 결재가 필요하다는 것을 안다면 전임교장의 결재를 내지 않고 초안만 가지고 올 것이지, 이미진 교장의 결재도장이 꽉 찍힌 확정된 서류를 내놓는 것은 도대체 무엇인가.

더구나 진지아 선생의 경상도 사투리와 서울 억양이 어색하게 섞인 말투는 경서를 더 부담스럽게 했다. 지나치게 꾸며진 공손한 태도도

맘에 들지 않았다. 말씨만 꾸며진 것이 아니라 깊고 굵은 인위적인 쌍꺼풀도 보기에 거북했다. 동양인도 서양인도 아닌 부자연스럽게 멀뚱한 눈도 그렇고, 명품 옷으로 치장한 옷매무새도 왠지 어울리지 않고 과해 보였다. 진지아 선생이 말을 이었다.

"교장 선생님, 이미진 교장 선생님께서 짜신 신학년도 교무분장입니다."

진지아 선생은 경서가 3월 1일 자로 부임해서 업무조직을 하면, 업무공백이 생길 것을 우려하여 이미진 교장이 권한을 가지고 결재를 냈다는 것을 강조했다. 경서가 확답을 주지 않자, 이번엔 옆에 있던 이승원 교감이 한 발 물러서며 말을 했다.

"교장 선생님, 확정된 것은 아닙니다. 다시 수정하셔서 재결재를 내셔도 됩니다."

그러나 이미진 교장으로부터 교무부장으로 보직을 받은 진지아 선생은 물러서지 않았다.

"이 조직은 작년에 일하던 사람들을 중심으로 계획하시고 결재하신 것입니다."

경서의 속내를 살피는 듯 진지아는 남의 눈 같은 커다란 눈을 굴리고 있었다. 경서는 진지아 선생이 업무조직에 대해 과하게 강조하는 것이 거슬리기는 했지만, 지금까지 조직을 운영하는데 사람을 가리지 않았다. 경서의 근무지인 B도에 지연, 학연 등 도움을 요청할 세력 또한 없었다. 경서는 누구에게나 기회가 주어져야 한다는 생각 때문에 '내 사람이다.' 하고 따로 불러 보직을 주고자 하는 생각은 더욱 없었다. 그

전 교장이 경서와 원수가 아닌 이상 전임 교장이 조직한 조직을 바꾸어 소위 '내 사람'이란 것을 만들어야 한다고 생각하지도 않았다.

학교의 교육활동이란 게, 개인 교사의 역량이 가장 크다고 잘못 판단했다. 개인의 역량이 좋은 이웃을 만나야 빛을 발한다는 것을 간과했다. 전임 교장 개인의 시기와 질투가 있을 수도 있다는 것을 생각하지 못했고, 그렇게까지 경쟁 대상자로 생각하지도 않았다.

그래서 자신의 후임 교장이 인정받는 것을 방해하고 싶어 한다는 생각은 조금도 하지 않았다. 비교 당하기 싫어서 방해를 한다 해도 처음부터 조직적으로 일을 꾸며 놓을 것으로는 더더욱 생각하지 않았다. 그래서 진지아 선생의 자연스럽지 못한 태도가 싫었지만, 마구잡이로 바꾸기보다는 부임하여 일 년을 같이 일해 본 후에 생각하기로 결정을 내리고 흔쾌히 말했다.

"전임 교장 선생님이 계획하신 일이면 그대로 진행하시지요."

두 사람은 만세를 부를 듯 좋아했다. 그들이 다녀간 후 경서는 이미진 교장을 먼저 한번 만나 봐야겠다는 생각을 했다.

이미진 교장은 경서가 30대에 동료 교사로 만난 적이 있는 사람이었다. 같은 교사 시절이어서 서로 아무 욕심 없이 지내던 사이였다. 그래서 이미진의 이중적인 얼굴을 전혀 알지 못했던 경서는 이미진 선생에게 매우 우호적인 생각을 가지고 있었다. 그러나 그것은 큰 오산이었다. 이미진은 자신의 거짓을 안으로 꼭꼭 숨기고 있는 사람이었다. 그런 면에서 보면 경서는 참 어리석기가 비할 데 없는 사람이다.

# 교장 발령 6개월 전에 꾼 꿈

뿌연 안개 속에 경서가 움직이고 있었다. 한 치 앞이 보이지 않고, 하늘 위 어두운 회색 공간에 희뿌연 연기 같은 안개가 피어오르는 공중에 경서는 뜬 것도 아니고 걷는 것도 아닌 무엇엔가 이끌려가고 있었다.

그런데 회색 물체가 보이기 시작하여 눈을 부릅뜨고 살피니 원형 계단식 스탠드가 둘러진 학교 운동장이 보였다. 멀리 운동장 조회대와 원형 스탠드 계단 아래 움직이는 물체가 보이는 곳으로 경서는 계속 움직여 가고 있었다.

그곳에는 누군지 알 수 없는 사람 여섯 명이 원형으로 둘러앉아 머리를 맞대고 있었다. 그들의 어둡고 간악한 표정으로 보아, 이상한 이야기를 하고 있다는 생각이 들었다. 경서는 그들의 주변에서 그들이 하는 짓을 지켜보고 있었다, 작당이 끊지 않았다. 그때 갑자기 경서의 뒤에서 누군가가 그들을 향해 소리를 질렀다.

"그만해라. 그 교장이 아이들을 위해 얼마나 좋은 일을 할 사람인데, 그만해라."

놀란 그들이 작당을 멈추고 흩어졌다. 흩어지는 사람 속에 옛날 동료 교사가 있기에 쫓아가며 불렀더니, 안개 속 멀리 보이는 건물 안으로 못 들은 척 들어가 버렸다. 경서는 속으로 '이상하다. 저 사람이 나랑 얼마나 가까웠는데, 왜 모르는 척 할까?' 개운하지 않은 꿈을 밀어내며 잠에서 깨어났다.

이상한 꿈이고 잊히질 않아서 경서는 항상 주변을 조심스럽게 살폈다. 승진 발령과 새 발령지에 가서 일을 할 때도 그 꿈을 떠올렸다. 때때로 위태위태한 사건이 일어났다가도 어찌어찌 마무리되곤 했다. 그러는 사이 경서는 그 꿈을 지나간 것으로 생각했다. 그러나 그 꿈은 새로운 근무지에 대한 위태로움을 예고한 예지몽이었다. 결국 경서는 그 꿈을 피해가지 못했다.

장학사 동기들은 교장 승진 발령도 경서보다 앞섰다. 경서는 그들보다 뒤로 밀려 기다리며 6개월 후, 9월 중간 발령을 기대하고 있었다. 하지만 9월 중간 발령에 경서의 이름은 빠졌고, 또다시 새로운 6개월이 오기를 기다렸다. 장학사 발령에서부터 1년, 교감 발령에서 1년, 교장 발령에서 1년, 늦은 승진 발령으로 그들보다 3년은 뒤처지게 되었다. 승진 때 마다 밀리는 기분은 모든 것을 자신의 탓으로 돌린다 해도 불쾌감을 떨칠 수 없는 일이었다.

강미자처럼 뻔뻔하게 '물먹은 붕어'를 마구 만들 재간도 없고, 인간관계가 넓거나, 주변에 도움을 요청할 곳도 마땅하지 않았다. 경서는 늘 '발령에서 또 밀리면 어쩌나.' 하는 불안감이 골수처럼 박혀 있었다.

9월 중간 발령에서 뒤로 밀렸으니, 일 년의 정기인사는 2월 중순에 발표되는데 1월 초 어느 날, 이상한 꿈을 꾼 것이었다.

'교장 발령이 난 후, 발령 일자 전에 발령 난 학교를 먼저 찾아간 교장은 그 학교에서 어려운 일을 당한다.'는 교직에 내려오는 속설이 있다. 그래서 절대 부임하기 전에 부임지 학교를 미리 방문하지 말라고 한다. 경서는 그것을 완전 쓸데없는 말이라 생각했다. 그래서 '학교 일을 위해 먼저 살펴보는 것이 무슨 잘못일까?' 하는 생각으로 부임을 이틀 앞두고 이미진 교장에게 전화를 했다. 그리고 먼저 학교를 방문했다.

단대오거리에서 40도가 넘는 경사로를 500미터 정도 오르면 오른편으로 교문이 있고, 교문 오른쪽으로 축구장 두 개를 그을 수 있는 아주 넓은 운동장이 나온다. 운동장에는 운동장 조회를 위한 높은 단상이 있다. 그 단상 지붕은 칡넝쿨로 뒤덮여 제법 운치가 있었다. 단상이 높아 운동장 조회 때 단대오거리에서도 올려다보면 눈에 들어오니, 학교 시상식이나 행사가 있을 때는 모든 동네가 다 안다.

운동장에서 200미터 정도 언덕을 또 올라야 본관 건물이 있다. 본관과 운동장 사이에 운동장 구령대 단상이 있고 건물로 올라가는 계단이 있다. 겨울이라 잎은 떨어지고 칡넝쿨 가지가 빽빽이 지붕을 덮고 있는 단상을 올랐다. 교사 시절에 둘러본 그대로의 모습이었다. 운동장 아래로 내려다보았다. 건너편에 있는 S여중도 보였다. S여중을 향해 한참을 서 있다가 교장실로 들어섰다.

교장실로 들어가면서도 경서는 동료 교사 시절이 떠올랐다.

"반갑다, 이 선생님."

이미진 교장은 웃음기 없는 굳은 표정으로 사무적인 인사말을 했다.

"교장 선생님, 발령 축하드립니다. 학교 방문도 환영합니다."

어색하고 당황스러웠다.

"아, 왜 그래요? 이 선생님 우리 옛날 동료잖아요?"

"그렇지, 우리 옛날 동료였었지?"

표정이 밝아진 이미진 교장은, 아이들이 다 잘 자라 가정을 꾸렸다며 손자 손녀에 대한 이야기를 시작했다. 서로 이런저런 개인사를 이야기하다가 경서는 마음을 열고 물었다.

"이 학교 운영에 가장 큰 어려움이 무엇이 있었어요?"

이미진 교장이 교사 등살에 울고 다닌 학교라고 돌아다니는 소문과는 달리 별 일 없었다는 듯 답한다.

"뭐, 큰 어려움은 없어요. 학생들이 간혹 밖에서 문제를 만들기는 하지만 모든 학교에 다 있는 일이잖아요."

"그렇지. 학교에서는 학생 문제가 제일 크지. 교사들은 협조적인가요? 먼저 조직해주신 부장들은 서로 업무로 다툼은 없는 편인가요? 이 학교에 와서 제일 먼저 해야 할 일이 어떤 것인지 알고 싶어서……."

"일반적으로 지금까지 학교에서 일어난 것들 정도지요."

학교 이야기를 나누는 이미진 교장은 말을 많이 아꼈고, 속내를 보이지 않으려 했다. 경서는 이미진 교장의 마음을 열어보려 이 얘기 저 얘기를 주섬주섬 늘어놓았다.

드디어 이미진 교장이 물어왔다.

"선생님은 정영숙 장학관과 같이 근무했으니 그분에 대해 잘 아시겠네요. 어떤 분이세요?"

그분이 매우 지혜롭고 영리해서 손해 보는 일을 잘 하지 않고, 일도 명확하다. 원래 똑똑한 사람 밑에 있으면 약간 힘든 부분은 있는 거 아니냐고 답했다.

"그 분 혹시 A지역 사람인가요?"

정확히는 모르지만 아닌 것으로 알고 있는데, 그건 왜 묻냐고 경서가 되물었다.

"아니 그 사람의 성향이 어떤가 싶어서요."

A지역 사람들은 매우 상냥하고, 융화력도 있고, 친화력이 좋아서 잘 돕는다. 그러나 상대가 어려운 궁지에 몰릴 땐, 절대 양보를 안 하는 편인 것 같다. 그렇지만 그것은 삶의 지혜일 수도 있다고 대답한 경서는 자신도 말을 아껴야겠다고 느꼈다. 그러나 이미 경서의 솔직성이 고스란히 드러나 버린 날이었다. 경서는 이미진 교장이 왜 A지역에 대해 예민하게 물어왔는지 학교를 떠난 후에야 알게 되었다. 미리 방문한 학교에선 아무런 정보를 얻지는 못했으나 옛날 동료를 만나 잠시 이야기를 나눈 것으로 경서는 만족했다. 지금 주어진 교무분장을 1년은 그대로 운영해 보는 게 좋을 듯했다. 전임 교장이 옛 동료였으므로 의심의 눈으로 보지 않았다. 적어도 그때까지는 말이다.

이미진 교장은 경북 영주 출신의 단성여자사범대학 영문과 출신으로, 갸름한 얼굴에 눈이 크고 제법 미인 축에 속하는 외모를 지녔다. 경서와 30대에 같은 학교에 근무할 때는 좋은 인상만큼 사람들과의 관계도 잘했다. 이미진 교장은 K도 출신임에도 억양이 세지 않았고, J도 사람들과도 두루두루 잘 지냈다. 이미진 교장이 그 강한 A향우회의 핵심 멤버라는 건 전혀 예상 밖의 일이었다. 더욱이 이미진 교장은 한 번도 그런 내색조차 하지 않았다. 항상 자신이 경북 영주 사람임을 은근히 나타낼 뿐이었다.

이미진 교장은 모임에서 대화할 때도, 욕심과 거짓으로 뭉쳐진 J도의 대표 강미자에 대한 이야기가 나오면 대개 강미자의 잘못을 인정하는 수긍적인 자세를 취하였다. 물론 자신은 K도의 대표처럼 말하고 행동했다. 그러므로 경서는 그때까지 이미진 교장이 A향우회의 골수라고 생각조차 하지 않았다. 더구나 그 많은 시간 동안 자신을 숨기고 조용히 처신한 이미진 교장이 경서를 적폐로 모는 중심에 서 있으리라고는 상상조차 한 일이 없었다. 왜냐하면 경서가 이미진 교장에게 크게 잘못 한 것도 없고, 경서도 이미진 교장이 그렇게 악한 사람이 아니라고 알고 있었기 때문이다. 경서는 이미진 교장이 단지 전임 교장으로서 후임 교장의 능력과 비교되어 경서가 자기보다 유능하다는 인정을 받는 것에 대한 견제 정도로 받아들였다. 진지아 교무와 이승원 교감이 함께 들고 온 업무조직은, 경서를 '적과의 동침'으로 유도한 이미진 교장의 교활하고 졸렬한 모사였다.

윤경아!

넌 모르겠지만 교사에서 교감으로 승진하기가 그리 쉬운 일이 아니었어. 교감으로 승진할 시기에 너의 대학 선배 원이순 교장과의 인연을 잠시 말했었지? 70년대에 원이순의 남편이 B도 교육청 장학사로 있었어. 그것도 B도 교육청 중심에서 말이야. 그덕에 원이순이 B도 관리자로 빨리 접어들 수 있었겠지? 원이순이 B도 교육청에서 여성리더로 활동을 활발히 하던 시절 내가 교감 승진 후보자로 있을 때 만나게 되었단다. 나에게 적극적으로 도움을 주는 사람으로 알았는데, 궁극적으로 도움이 필요한 때 나는 아무런 도움을 받지 못했다. 윤경이 네가 졸업한 단성사대 동기생들을 자기의 동문이며 후배라는 이유로 그들만 돕고, 나는 원이순에게 작은 일에도 마냥 '감사'만 남발해야 하는 영혼 없는 뻐꾸기가 되었지.

나는 너의 역사과 동기생 덕분에 교감 발령이 또 한 번 1년 뒤로 밀리게 되었다. 그놈의 학연이 무엇인지 교감 발령 때부터 이미진은 내 전임자가 되었고, 드디어 이미진 교장 승진도 나를 앞질러 2년 먼저 발령을 받았다. 이미진은 학교 운영에서 교사들과 부딪히는 어려움을 겪었고, 그래도 그들 패거리의 힘으로 크고 환경이 좋은 신도시 학교로 옮기게 됐어.

너희들의 잘 나가는 선배 원이순 연구관 덕에 장학직 3년 반, 교감 3년 반을 지낸 나를 제치고, 교감 3년을 근무한 네 동기생 이미진 교장이 권력의 힘에 붙어 편한 자리만 꿰차고 다녔지. 게다가 현시적인 행정의 앞잡이 노릇까지 충실히 했고. 너의 선배는 내가 어려워지면 당연히 자신에게 도움을 요청하리라고 생각했던 게야. 내가 마냥 순진하게 '감사놀이'만 할 줄 알았을 텐데,

한번 두 번 '빛 좋은 개살구' 입장으로 물러나다가 '감사놀이'를 그만두었지.

자신들과 점점 멀어지는 내가 꼴도 보기 싫었을 테고, 거기다 후배가 버텨내지 못했던 학교를 바르게 잡아 나간다는 것을 알게 된 원이순 선배가 금도자 도의원 패거리와 학부모들 힘의 근원지에서 헛소문을 만들기 시작했지. 그 학교를 버티지 못한 후배의 편이 되어 얼씨구나 하고 나를 좌파와 손잡아 전교조의 힘으로 학교를 운영하는 배신의 아이콘으로 몰아갔어. 또 다른 한편에서 이미진 교장은 A향우회 중심으로 나를 적폐로 몰아갔다.

네가 나에게 질문한 "왜 그래야 했니?" 소문의 근원지는 네 동기와 선배였다는 걸 말하고 싶었어. 난 그냥 현시적 행정을 줄이고 기본에 충실하고 실천력 있는 교육과정 운영과 교사들이 느낄 수 있을 정도로 투명하고 공평한 행정을 펼치려 노력했을 뿐이었지. 진짜 좌파와 손잡고 양다리 걸치기로 시소게임을 즐긴 것들은 '공짜 밥 주겠다.'는 공약으로 올라선 B도 교육감에게 편승한 그 패거리들이었지. 그런데 그들은 마치 내가 전교조와 손잡았다는 말도 안 되는 소문을 냈던 것이고, 너와 대학 선배와 대학 동창들이 하나같이 입을 모아 나를 좌파 힘에 빌붙은 기생충 같은 인간으로 만들어버렸지.

다른 성향의 A향우회 중심에 있는 이미진은 거기서도 나를 적폐로 몰았어. 그들은 자신들이 좌파 교육감에 아부하여 얻은 힘으로 보수성향의 사람들에게는 입을 모아 내가 전교조와 손잡고 학교운영을 한다고 떠들고 다녔지. 그리고 좌파한테는 내가 썩은 보수의 힘으로 일어난, 소위 적폐라는 딱지를 붙였어. 너의 선배와 대학 동기와의 그 끈끈한 학연 덕으로 나는 너에게까지 이상한 질문을 받았고, 헛소문에 대한 확고한 너의 믿음 때문에 답을 못하고 말았단다. 헛소문의 힘은 그들을 기고만장하게 했고, 반대로 나는 그들의 오만방자함을 지켜봐야 했지.

이미진 교장이 견디지 못한 어려운 학교를 내가 교장 승진발령을 받고 가서 교사들을 잘 관리해 가니 그들은 내가 좌파와 내통했다고 소문을 낸 것이지. 난 쓸데없이 선동하는 전교조 따위는 신경 쓰고 싶지 않았어. 다만, 내가 운영하는 학교 교육과정과 예산의 쓰임이나 기준이 형평성을 벗어나거나 그릇된 쪽으로 흐르지 않게 하려고 곧고 반듯한 목표를 세우고 실천하려 노력했지. 덕분에 현시적인 학교 행사를 줄일 수 있었지.

프로그램을 할 때 항상 실질적인 운영이 먼저였어. 그렇다 보니 교사들은 문서로 쉽게 하던 일을 대충 넘어가지 않게 되자 처음에는 불평도 많았지만, 결국에는 교사들이 오히려 보람과 성취감을 느낄 수 있어서 좋다고 했단다. 현시적인 것들을 없애니, 다수의 교사가 따랐고 선동하는 세력에 동조하지 않았어. 그래서 학교가 바르게 올라서고 있었지. 내가 좌파 교육감과 손잡았다고 몰고 또 좌파 교육감 편에 있는 사람들에게는 내가 썩은 보수의 적폐라고 흉흉한 소문을 낸 너의 동기 이미진 교장은 권력을 힘으로 학교를 변화시키려 노력하다 교사들의 반대에 아무

것도 못하고 울며 떠난 학교인데, 후임자인 내가 잘 운영하니까 용서가 안 되는 것이었겠지.

이미진 교장은 내가 30대 초 교사로 같은 학교에 근무했던 동료였지. 난 이미진과 악연이라고는 생각하지 못했지. 그냥 여성스럽고 좋은 인상을 가진 동료였으니까. 그리고 너와 동기생이었지만 한 번도 너와 같이 이미진에 대한 이야기를 한 적이 없었고 너와 연결하여 생각해 보지도 않았어. 네가 나에게 보인 이상했던 태도로 잠시 네가 '이미진과 연결하여 대화를 나누는 친구인가?' 하는 생각은 스쳤었어. 그래도 너와는 '순수했던 어린 시절 친구'였고, 이미진과도 뭔가 나를 나쁘게 소문을 내야 할 이유가 없다고 생각해서 네가 대학 동기생 말에만 의존해서 나를 오해하리라고는 조금도 마음에 두지 않았거든. 그런데도 너의 태도를 볼 때 이상했어.

그러나 난 스스로가 여러 어려운 상황 때문에 예민하게 보겠지 하고 애써 관심을 두지 않았어. 그런데 네게 편지를 쓰면서 '아, 내가 좀 더 적극적으로 네가 알고 있는 소문에 대해 알아보려 하지 않았던 것도 잘못이었구나.'라는 생각이 들었어. 나는 내가 헛소문에 너무 연연하는 것이 더 어리석다고 생각해서 넘어가 버린 일들이었는데. 하지만, 그 당시에 넌, 대학 선후배에게서 얻어들은 헛소문에 더 신빙성을 두고 있어서 내 이야기는 들으려 하지도 않았고, 공감조차 하지 않았던 것 같아.

# 운동부

    이 학교는 운동부를 두 종목 육성하고 있었다. 하나는 학교가 들어설 때부터 창단된 럭비부가 있었다. 특기생이 있는 학교 숫자가 적어, 한때는 럭비 명문학교로 손꼽히기도 했었었다. 또 다른 한 종목은 88년 올림픽에서 금메달 효자 노릇을 한 태권도부였다. 럭비부와 같이 비인기 종목을 운영하는 경우에는 코치비와 일정 부분 운영비를 교육청에서 지원하는데 비해 인기종목으로 학부모와 학생들이 원해 창단한 태권도부 같은 경우에는 많은 부분이 학부모의 주머니에서 코치비와 학생들의 훈련비가 각출하여 운영하고 있었다.

    교장이 행정실과 운동부를 잘 다스리면 학교는 조용히 굴러가게 되어있다고 전하는 말들이 있다. 이는 운동부 운영에 있어 코치 채용과 인건비에 따른 문제, 경기 나갈 때 쓰이는 사사로운 경비, 선수 선발 문제로 생기는 학부모의 갈등, 학부모의 주머니에서 나오는 찬조금 등이 많은 비리를 만들었다. 체육 교사들의 잦은 경기 참가 출장으로 생기는 수업 결손과 출장비 문제 등등으로 인하여 두 종목을 육성하는 학교는 문제를 곱절로 안고 간다는 것이었다.

이 학교도 예외가 아니었다. 럭비부와 태권도부에 배정한 출장 예산은 '체육부 경비'로 책정되어 있었다. 럭비부 감독은 승진을 앞둔 김노환 체육 교사가 담당하고 있었고, 태권도부 감독은 오무성 체육부장이 맡고 있었다. 럭비 감독교사 김노환은 교감 승진 대기자로 근무 평가에만 신경을 쓰는 늙은 체육 교사였다. 그는 체육부장 직위를 오무성 교사에게 양보했다.

체육 특기부서에서는 서로 더 많은 출장비를 사용하려 틈만 나면 현지 훈련을 했고 훈련용 기구 구입, 경기 출전비와 출장으로 예산을 먼저 끌어다 쓰려고 안간힘을 썼다. 럭비부 감독 김노환 교사는 오무성 교사에게 체육부장직을 양보하고, 대신에 그에게 운동장 체육관 관리를 맡기고는 체육부서 내에서는 절반 교감 노릇을 하면서 아무 일도 하지 않았다. 그는 다만 늙은 체육 교사로 근평만 챙기고자 했다.

그러자 자연스럽게 럭비부의 옛 명성은 사라져갔다. 지원하는 특기생도 없어 선수 숫자도 채우기가 힘들어져 갔다. 럭비부는 게임에 나가기만 하면 등외로 밀려났다. 럭비부 감독 김노환은 결국 럭비부 감독까지 후배 유방훈 교사에게 넘겼다. 유방훈 교사는 럭비부를 맡아 옛 명성을 찾고자 정말 열심히 뛰었다. 특기생도 받아오고 코치와 함께 훈련도 열심히 했다. 그러나 떨어지기 시작한 경기 운이 금방 돌아오지는 않았다. 항상 준결선에서 밀렸다. 럭비부의 코치도 감독도 제자리를 찾아가는 과정으로 보였다.

그러나 완전히 뒤로 물러앉은 김노환 교사는 아무 일도 하지 않았다. 그는 출근은 일찍 했으나, 컴퓨터 앞에만 앉아 있었다. 하교 후, 지역주민에게 개방한 운동장에 버려진 유리병과 담배꽁초, 쓰레기 등에 무심했다. 전날 저녁에 지역주민들이 버린 쓰레기와 술병들은 청소 담당 학급의 교사와 아이들이 와야 겨우 청소가 되었다.

경서 생각엔 김노환 교사는 체육교사로서 운동장이 자신의 수업할 장소인데 아침 일찍 왔으면 운동장 한 바퀴를 돌고, 그날 수업을 위해 운동부 아이들 데리고 운동장 정리를 할 것 같은데 그렇지 않은 이유가 궁금했다. 운동장과 체육관 등 체육 교사의 관리가 필요한 곳은 모두 체육부장 오무성에게 책임을 떠넘겼다.

그러자 오무성 체육부장은 지역주민의 배드민턴 동아리에게 학교 운동장과 체육관을 빌려주고 대여료로 얼마간 돈이 들어오는 것을 자신의 힘인 양 과시하며 소리를 높이기 시작했다. 김노환 교사는 오무성이 체육관을 관리한답시고 큰소리치면서 경기 출전비로 예산을 많이 써도 그저 가만히 있었다. 일단 승진할 연배로서 자세를 취했던 것이다.

경서는 일찍 출근한 김노환 교사가 항상 교무실 컴퓨터 앞에만 앉아 시간을 보내니 무슨 업무를 그리 열심히 하는지 궁금했다. 하루는 아침 일찍 소리나지 않게 가만히 교무실 뒷문을 열고, 컴퓨터에 몰두하고 있는 김노환 교사가 있는 곳으로 가 보았다. 그런데 웬일인가, 경서는 깜짝 놀랐다. 그는 컴퓨터에서 화투 게임을 하고 있었다. 경서는 모른 척 조용히 교무실을 나왔다. 그 후로 김노환 교사가 아침 일찍 컴퓨터 앞에 앉아 집중하는 모습이 보일 때면, 교무실 문을 일부러 소리 나게 열고 들어가 그의 아침 화투 놀이를 방해하기도 했다.

"김노환 선생님, 책상 업무에 너무 집중하지 마시고, 운동부 애들 데리고 운동장 한 바퀴 돌아 주세요. 지역주민이 흘리고 간 쓰레기를 수업하기 전에 정리해 주면 좋겠습니다. 운동장은 선생님의 교실이지 않습니까? 업무 중에 미안합니다."

오무성 체육부장은 운동장의 궂을 일을 도맡아 하면서 새로 온 신임 교장에게 태권도부 육성을 위해 감독으로서 적극적 자세로 경기마다 출전을 하겠다고 결재를 올렸다. 결국 연말이 다가오자 럭비부의 출장비가 부족해 럭비부 경기 출전에 문제가 되었다. 그래도 오무성 체육부장의 럭비부보다 한 번이라도 더 경기 출전을 하겠다고 태권도 경기 출전을 위해 출장을 내 달라는 결재가 또 올라왔다.

"또 나갑니까?"

"그래야지요."

"그런데 왜 성과가 오르지 않지요? 그거 혹시 훈련이 부족해서 그런 거 아닙니까?"

"아, 아닙니다. 이번엔 아마도 좋은 성적을 거두고 돌아올 겁니다."

오무성 체육부장은 경서가 뭐라고만 하면 머리를 긁적거렸다.

그러던 어느 날이었다. 럭비 감독 김노환 교사가 오무성 체육부장의 경기 출장 횟수를 좀 줄여야겠다고 건의를 해왔다. 그때는 벌써 체육부 출장비가 거의 바닥이 나 있는 상태였다. 그러나 럭비부의 코치비는 교육청에서 지원을 받기 때문에 운영 자체에 타격을 입지는 않았다. 그런데도 출장비가 바닥인 것을 알고 태권도부의 잦은 경기 출전에 브레이크를 걸고 나온 것이었다.

"교장 선생님, 또 경기를 개최하는 주체가 이건 뭐지요? 좀 가려서 출전하도록 해야 하는데."

김노환 교사가 말했다.

"너무 자주 출전하게 되면 선수들의 컨디션에도 문제가 생기게 되고……."

경서는 사실 김노환 교사의 럭비부 훈련하는 모습이 생각나서 그 소리를 듣고 그만 실소가 나왔다.


태권도부는 88올림픽에서 메달을 많이 딴 효자 종목으로 많은 사람들의 관심 종목으로 떠올라 있었다. 이 학교의 이웃 학교 졸업생 가운데 태권도 '은메달리스트'도 한 명 나왔다. 학부모들 사이에 공부에는 관심이 없는 아들을 가진 어머니들이 모여 내 아들도 태권도로 체육대학을 보내든지, 아니면 태권도 학원이라도 하나 차릴 수 있는 수준으로 교육이라도 시켜 보자는 모임이 만들어졌다.

그들은 88올림픽 은메달리스트를 코치로 모셨다. 그런 연유로 이 학교에 태권도부가 태동하게 됐다. 경서가 만난 이 학교의 선수들은 대부분 라이트급 선수들이어서 몸도 작고 키도 작았다. 태권도부 학부모들이 모여 열심히 학생들의 뒷바라지를 하는 것 같았으나 교장실에는 한 번 인사를 다녀간 후에 다시 만날 수 없었다.

태권도부 운영에 대한 정보를 하나도 들을 수 없었는데 어느 날 학부모가 지나가는 말로 선수 선발에 대한 불만이 있음을 내비친 적이 있었다. 감독 오무성 체육부장은 다혈질이라서 말을 한 번 꺼내려면 조심스럽게 건네야 했다. 감독 오무성 체육부장은 전임 이미진 교장을 괴롭혀 울게 만든 교사라는 말을 들었다. 그런데 경서가 이 학교에 왔을 때는 운동장 관리 체육관 관리 체육기구 관리 등을 모두 오무성 체육부장이 관리하고 있었다.

모두들 오무성 체육부장을 아주 소소한 질문이라도 예민하게 받아들여 앞뒤 없이 흥분하며 덤비는 사람이니 조심해야 한다고 말했다. 그런데 유독 김노환 교사에게만 매우 복종적이라는 사실을 알게 됐다. 부장 직을 양보 받은 것 때문이었다. '그렇다면, 김미진 교장과 싸운 원인이 뭘까?' 궁금했던 것이 약간은 이해가 되었다. 오무성 체육부장은 교장이 새로 왔으니 태권도 성적을 내겠다고 각 지역 경기마다 참가서를 제출하고 일주일마다 한 번씩 선수 출전을 알리러 교장실 앞에 선수들을 데리고 왔다. 처음에는 '이기자!' 구호를 외치고 선수들을 내보냈다.

그러나 태권도부의 학부모들과의 관계가 매우 불안정해 보였다. 부임하고 한 달이 가까웠을 때 경서는 오무성 체육교사를 불렀다.

"오 선생님, 지역주민들이 학교에서 담배 피우고 담배꽁초를 운동장에 마구 버리고 가지 않도록 전달해 주시고 체육관 앞 담배꽁초를 청소해 주세요."

오무성 체육부장은 볼멘소리로 대답한다.

"담배꽁초는 함부로 버리지 말고 휴지로 꽁꽁 싸서 가져가라고 교육하는데도 그렇습니다."

경서가 말한 그다음 날로 오무성 체육부장은 체육관을 빌려줄 수 없다고 막무가내로 소리를 질러댔다. 지역주민과 다툼이 일어났다. 문제가 있어 해결하라고 일러준 게 오히려 싸움이 되어버렸다. 그런 속에 또 민원이 들어왔다.

"오 선생님, 체육관에서 배드민턴 하는 사람들이 지르는 괴성으로, 밤 12시까지 잠을 못 자니 너무 늦은 밤까지 체육관 사용을 말아 주시기 바라는 지역주민의 민원이 들어왔습니다."

지역주민과는 협의를 하지 못한 채 싸움이 점점 크게 번져갔다. 그 뒤부터 오무성 체육부장과 경서는 운동장과 체육관 관리로 이런저런 싫은 소리가 오가는 사이가 되어갔다. 그러면서 오무성 체육부장은 학부모와 지역주민과 경서가 대화하지 못하도록 방해를 했다.

태권도부가 일 년 동안 출장과 전지훈련은 여러 번 갔으나 결과가 없었다. 시합에서 실속 있는 결과를 가져오는 일이 없었다. 오무성 체육부장은 태권도부 학부모를 교장인 경서에게 가까이 오지 못하게 했다. 혹시 학부모로부터 자신이 암암리에 걸어 쓰는 선수 관리 운영비의 문제가 전해지지 않도록 막는 수법이었다. 일 년을 지켜보던 경서는 어느 날 더 이상 방치해선 안 되겠다 싶어 코치를 불렀다. 일 년 전 처음 코치로 왔을 때처럼 날렵하지 않았다. 배가 불쑥 나온 모습이었다.

"코치님, 학생들과 훈련을 열심히 하셨다면 이렇게 배가 나올 수 있겠습니까?"

"죄송합니다."

"코치님, 과학적인 분석과 훈련을 철저히 해야 겨우 지역 경기에서나마 상을 하나 얻어 올 수 있을 텐데, 오무성(체육부장) 감독과 코치님이 훈련을 서로 뒤로 미루어 어찌 결과가 좋겠습니까?"

"학생 출전 선발에 불만이 있는 것으로 들리고, 경기 출전하는 경기장에 가서도 선수들 게임을 성실히 지켜보지 않아 경기운영에 불만이 있는 것으로 알고 있어요. 어찌 된 일인지 말씀 좀 해 보세요?"

코치는 아무 말도 하지 않았다. 그러나 코치와 이 대화를 나눈 후에 학부모가 교장에게 쓸데없는 말을 전했다고 오무성 감독(체육부장)은 학부모에게 화를 내고 길길이 뛰고 난리법석을 떨었다고 했다. 그러한 사실을 알게 된 김노환 교사도 오무성이 출장을 나가 사적인 볼일을 보러 다녔다는 정보 때문에 출장 횟수를 줄여야 한다고 조언했다.

일정한 시간에 체육관을 빌려주고, 계획을 잘 짜면 선수들이 훈련하는데 지장이 없을 것임에도 불구하고, 태권도부 오무성 감독은 굳이 배드민턴 지역주민동아리 활동 시간에 태권도부 운영을 빌미 삼아 지역주민들에게 배드민턴 장소로 빌려주던 체육관 대여도 멈췄다. 그리고 태권도부 야간 훈련을 시킨다면서 체육관에서 텐트를 치고 석유난로를 피우는 등 갖가지 위험한 일도 했다. 그런 경우 교사가 밤새 동행해야 하는데 책임도 없는 코치에게 아이들과 체육관을 맡겨 놓고 자신은 자유로이 개인의 일을 보러 다녔다.

어느 날이었다. 경서는 저녁 8시 경 시간 외 근무를 마치고 집으로 가던 중, 체육관에 불이 켜져 있어 선수들에게 격려 좀 해 줘야겠다는 생각에 체육관으로 갔다. 그러나 이게 웬일인가. 교사와 코치는 없고 선수들이 텐트를 쳐놓고, 석유난로를 피워 몸을 데우고 있었다. 오무성 감독과 코치는 상대원에 터를 잡고 있는 도의원을 만나 한잔 하고, 어쩌구 하면서 정치 활동을 하고 다녔다는 걸 알게 되었다.

경서는 오무성 체육부장이 전임 교장과도 태권도부 운영으로 의견이 맞지 않아 교장을 울리기도 하고, 골머리를 앓게 했었다고 전해 들었다. 상대원에 터전을 잡고 S시 시립도서관 운영위원이라며 도서관 예산을 주무르는 도의원과 이미진 교장, 이승원 교감과 오무성 체육부장, 문재금 학생부장은 서로 주고받는 연결고리가 있는 사람들같이 행동했다.

앞에서 전임 교장을 애먹인 오무성 이야기를 하면서도 문재금 교사는 항상 오무성 뒤에서 부추기고 조종하는 사람 같았다. '뭘 그렇게 망설여? 저질러.' 하는 눈빛으로 오무성을 바라보는 문재금이 가끔 눈에 들어와 '학생부장은 왜 저러지' 안 그래도 저 사람은 자기 조절이 잘 안 되는 충동적인 사람인데.' 하며 충동질 당하는 사람도, 충동질하는 사람도 이상하다는 생각을 자주 했었다.

태권도 감독이 이런 사람인데, 코치인들 바르고 성실하게 선수를 훈련시킬 수 있겠는가. 100번 가까이 나간 경기 출전에도 똑바른 결과물이 나올 수 없었던 것이 어찌보면 당연한 일이 아닐 수 없었다.

# 진지아

　일 년 운영해 보기로 한, 전임 교장이 넘겨준 업무조직과 부장의 역할은 한 달도 가지 못하고 문제점이 드러났다. 첫째, 진지아 교무부장의 새 학기 교육과정을 편집하는 능력이 턱도 없이 부족했고, 그 부족함을 메워 줘야 할 이승원 교감도 그 역할을 제대로 못 해 학교 교육과정 편성에 교감도, 교무도 일의 주체가 되지 못하였다.

　진지아 교무는 협의회나 일에 대한 논의가 있을 때마다 알맹이 없는 논조로 잘난 척만 했지, 실질적인 업무능력이 떨어졌다. 그럼에도 불구하고 진지아 교무는 자신을 바로 바라보고 있지 않았다. 교무부서의 부원을 뽑는 것도, 일을 할 수 있는 교사가 아니라 주체사상 교육이 잘 된 교사였다. 교무부장의 일을 보조해 줄 교무 차석이 복정은 교사였다. 복정은 차석도 진지아의 부족함을 메워 줄 아무런 능력이 없었다. 복정은 교사는 B도 교육감이 차출하여 북한으로 출장 보낸 교사들 중 1순위의 교사였다.

　이런 속에서도 진지아 교무부장은 학교에 다른 일반 교사들과 같은 시각에 출근했다. 특히 3월 초에서 4월 중순까지 일 년 교육 활동의 밑바탕을 마련해야 하는 교무가 일반 교사들이 오는 시각 2분에서 5분 전에 도착하기 일쑤였다. 그뿐만 아니라 진지아 교무부장은 겨우 임박한 시간에 도착하여 윗옷을 벗으며 최고로 우아한 표정을 지으며 선생님들을 향해 "굿모닝!" 아침 인사를 하고 바로 커피머신에 물을 붓고 커피를 뺐다. 그리고 가져온 도넛을 꺼내 아침 커피를 마신다. 그리고 자신에게 우호적인 사람들에게만 커피를 건넨다. 물론 이승원 교감이 첫 번째다.

"교감 선생님, 커피 드세요."

"아, 하하……. 네, 진 부장이 와야 맛있는 커피를 마십니다."

교사들이 교실로 들어가 학생들과 함께 할 시간이었다. 학기 초, 교무는 물 마실 틈도 없을 정도로 바쁜 시기인데, 정말 이 학교의 교감과 교무는 유독 '우리학교 좋은 학교'로 늘어진 고무줄 마냥 헐렁헐렁하였다.

아니나 다를까, 3월 15일까지 신학년도 교육과정 책자를 편집해서 교육청으로 제출해야 하는데, 경서에게 한 번이라도 가볍게 읽어볼 시간을 주지 않았다. 그것도 교장은 읽지 않아도 되는 것이 당연한 듯, 오늘이 마감인데 오후 3시에 책자를 들고 와 결재하라고 내밀었다. 빠르게 들추어 보니 작년에 한 교육과정 책자를 그대로 가져온 것이었다.

내용을 확인해 볼 시간이 없는 상태에서 교감을 불러 물었다.

"자세히 확인하셨어요?"

교감은 눈을 피했다. '교감도 진지아 보다 나을 것이 없겠구나.' 하고 교육과정에서 틀리면 안 되는 법정 시수와 수업일수만 확인하고 결재를 냈다. 우리 학교 교육과정의 편집은 교무가 바로 해야 하고 교감이 다시 확인해야 하는데, 진지아 교무는 대충하고 이승원 교감은 자신의 이익과 밀접한 관계가 아니면 관심이 없었다. 시간표 조절도 교육과정 책자 편집도 뭐 하나 똑바로 해내는 것이 없는 상태에 어기적어기적 시간은 지나갔다.

진지아 교무부장은 남보다 내놓을 만한 특출함이 없었다. 키와 덩치가 그들 또래에서 약간 크기는 컸다. 지나치게 깊게 파버린 쌍꺼풀과 큰 얼굴이 여성스럽고 날렵하기보다는 어딘지 둔탁하고 억지로 꾸며진 어색한 가짜로 보였다. 둔탁하면 소박함이라도 있어야 하는데 항상 자신은 뭔가 가진듯한 태도로 '내가 제일 잘 나가.'였다.

진지아 교무부장은 자신이 '강남'에 산다는 것과 남편이 '서울대' 나왔다는 것에 대한 자긍심이 대단했다. 특히 그녀는 서울대 출신이면 '팥으로 메주를 쑤어도 맞다.'고 했다. 사람을 만나면 "어머 그분 서울대 나왔대요?"에서 "서울대 출신은 뭐가 달라도 다르다니까", "맞아 서울대 출신이지 그 사람." 이런 식이었다. 그래서 이승원 교감에게도 거의 굴종적인 자세를 취하는 모습이 경서는 받아들여지지 않았다. 우리나라에서 서울대생의 우수성을 인정하지 않는 사람이 몇이나 있겠는가? 허나 그 도가 지나쳤다.

진지아 교무부장이 그 유명한 강남의 '청실홍실아파트'로 이사 간 날이었다.

"이곳에 이사 오니 왜 강남 살아야 하는지 알겠어."

옆에 있던 복정은 교사가 말했다.

"어머 선생님, 강남으로 이사하신 것 축하드려요."

"그래, 딸이 고등학교 2학년이니 교육문제도 있고, 아무래도 사는 곳이 어디냐에 따라 차이가 많이 나지 뭐. 그래서 의논 끝에 전세라도 강남으로 왔지."

"선생님, 집을 사지 않으셨어요?"

"아니, 전세야. 이 돈으로 다른 곳의 집은 살 수 있지만, 사는 위치에 따라 수준이 많이 다르잖아?"

"아무튼 강남 입성하신 것 축하해요."

진지아 교무부장은 서울대 학벌과 강남과 커피를 무지 좋아하고, 자녀는 미국 유학을 보내야한다는 무작정 작심이 있는 사람이었다. 지적 허영은 막스 레닌의 책을 읽었고, 금서인 주체사상에 관련한 책자를 섭렵했단다. 먹고 즐기는 것은 미국식이면서 '반미주의자'였다. 그리고 아버지가 의사였다는 것도 자랑이었다.

80~90%가 농부인 1960년대, 의사 아버지에 대한 존경은 이해가 되었지만, 이야기 속에 자신이 누렸던 유년기가 남보다 유복했기 때문에 현재도 다른 사람보다 더 뛰어나고 인정받고 사는 것이 당연하다는 사고를 가진 여자였다.

진지아는 전체주의를 만들고 그 권력을 대대로 물려주고 싶어 하는 사람이었다. 진지아의 아버지는 6.25전쟁 시 간호병으로 복무를 하였는데, 전쟁이 끝나면서 간호병들에게 일정한 자격시험을 거쳐 의사자격을 부여했던 그 시절 재수 좋은 수혜자였다. 전쟁 후, 턱없이 부족한 의료 서비스를 대체한 일반진료 동네 의원으로 개업한 그 시대가 낳은 황당한 의사였다. 진지아의 대화 속에는 은연 중에 아버지에 대한 이야기가 자주 나왔다.

이런 진지아의 지적 허영심에 불을 당긴 것이 학생운동이었다. 우리나라의 1960, 1970, 1980년대 학생운동을 한 진보세력들은 대다수가 '자신들만 민주주의이고 자신들의 이론만이 바르고 지적(知的)이다.'라고 외쳤다.

7~80년대에는 진보적인 것에 동조를 하지 않으면 은근한 왕따가 되었다. 대표적으로 교직에서 A향우회 입장이 되지 않거나 그들이 말하는 민주주의 선동에 동조하지 않으면 무식하고 못난 사람이 되거나 단체에서 은근히 모르는 사람으로 취급받았던 시절도 있었다.

어느 날, 오후에 교사들이 자리를 많이 비운 교무실에서 진지아 교무를 중심으로 빙 둘러앉아 나누던 대화에서 책 이야기가 나왔다. 꼭 읽어봐야 하는 독서 목록을 이야기하자 진지아 교무가 물었다.

"막스 레닌의 저서를 읽어보셨어요?"

"아뇨, 그냥 두서없이 책을 읽어서……. 고전 인문학은 몇 권 읽었지만, 나라에서 읽지 못하게 하는 책까지 읽어보지는 않았어요."

"금서인 주체사상에 대한 책은 읽어보셨어요?"

"아뇨."

"그럼 이야기할 상대가 될 수 없다고 봐요."

경서는 그렇게 말하는 진지아 부장을 보면서 '정말 잘났어.' 하는 생각이 들었다. 경서는 전교조와 전체주의자들이 그들의 책자로 얼마나 지적으로 무장하는지를 잘 알고 있었다. 그러나 진지아 부장은 '지적 허영심만 가득 찬 속물'이라는 생각이 들었다.

그런 진지아가 전교조의 핵심인물로 활동하다가 '해직교사'로 5년 간 휴직을 했다 다시 '복직'을 하면서 B도로 온 것이었다. 진지아 교무 는 전교조 활동으로 자신이 사는 모든 게 연출되어야 한다는 것을 받 아들인 것 같았다.

서울 말씨로 포장한 상냥함으로 꾸며져 있어 개그콘서트에 나오는 개그우먼이 하는 대로 항상 '내가 제일 잘 났어.' 하고 우아하고 지적인 척, 남의 것을 제 것인 양해서 헛웃음을 금할 수 없게 했다.

교감이라도 유능하면 맡겨 두면 되는데, 교무부장과 교감 모두 행정 조직력이 없고 어슬렁거리는 존재임을 경서는 학교 부임 후, 한 달이 지나지 않아 알았다. "바르게 열심히 가르치면 둔재도 천재가 될 수 있 다."는 말을 그들은 무시했다. 이미진 교장이 왜 그들에게 업무를 주었 는지 이해가 되지 않았다. 교감이 자신의 부족한 점을 알고도 진지아 를 선택한 것은 다른 뜻이 있는 것 같았다.

학교의 운영은 예상하지 못한 곳에서부터 어려움이 시작되었다. 그 래도 1년은 넘겨야 할 일이었는데……. 진지아 부장은 학교 상급기관 S시 교육청 교육장과 서울대의 직속 후배인 이승원 교감에게 꼼짝을 못하고 졸졸 따라다녔다. S시 교육청 교육장의 S대 직속 후배인 교감 은 학교 내(內) 힘도 자신의 손에 있다고 생각했다. 그리고 교감과 교무 의 눈에는 교장이 보이지 않았다.

일반 교사들은 교육장의 힘과 교감의 힘에 붙어 멋대로 나대는 교무 를 보고 '지나치다.'는 생각이 들었는지 그들의 태도에 다수가 냉담했고, 몇몇은 '교감보다 진지아 교무가 더 웃긴다.'며 쑥덕이는 교사도 있었다.

경서는 사실, '이승원이 너무 무능하다.'는 소문에서 벗어나게 하고 싶었다. 경서도 권위주의에서 벗어난 참 관리자가 되고 싶었다. 진지아는 권력의 동아줄인줄 알고 교감에게 힘을 지나치게 실어주었다. 진지아의 전체주의적 가치 사고와 학벌에 기죽어, 서울대 나온 교감에게 주눅 들어 권력이라면 무조건 아부했다.

# 우자탁

여느 학교에 발령 난 교사들과 다를 바 없이, 이 학교에 처음 발령을 받아 온 대부분의 교사들은 양질이었다. 그러나 노후화된 학교와 근본적으로 기초학력이 떨어지는 아이들에게 교사들의 노력은 빛이 나지 않았다. 교사의 열의도 떨어졌고, 학부모들마저 가난하고 소박해서 교사들에게 긴장감을 주는 존재가 되지 못했다.

교육활동에 문제가 생기지 않을 경우 자연히 근무 자세가 느슨해지고 교사중심으로 편하게 지내게 되는 학교였다. 주변의 다른 학교에 비해 유독 등교가 늦었고, 제 시간에 오지 않는 교사들이 많았다.

이 시기에 전교조 교사들이 평등교육을 외치며 9시에 학교를 시작하자는 슬로건으로 대부분의 학교가 한때 8시 50분 등교로 시작하였다가 다시 8시 20분으로 돌아간 상태였다. 그런데 이 학교는 여전히 8시 50분까지 등교하고 9시 시작을 고수하고 있었다. 지역사회의 특성상 맞벌이로 모두 아침 일찍 나가 이르게 등교하는 학생들이 많았다. 한 반에 두서너 명 외에 모두 일찍 등교한 학생들은 8시 50분이나 돼서 헉헉대며 올라와 허겁지겁 교실로 들어가는 선생님 모습을 바라봐야 했다. 1학기 말, 경서는 부장회의를 소집했다.

"일찍 등교한 학생들이 여덟 시 오십 분, 꽉 찬 시간에 허겁지겁 올라와 교실로 들어가는 선생님을 보고 무엇을 느낄 것 같은지 의견을 말씀해 주세요. 여기 계시는 부장님들은 그런 분이 안 계시지만 담임교사가 학생들이 유리창 너머로 내려다보고 있는데 늦은 시간에 올라오는 모습을 보면서 무엇을 생각할까요? 선생님께서 십 분만 일찍 나와 주시면 어떻겠습니까? 1, 2, 3학년 부장님, 학년 회의에서 의견을 한 번 수렴해 보세요."

3학년 하영희 부장이 손을 들었다.

"워낙 아침 시간 십 분이 주는 크기가 커서요. 하지만 학생들이 모두 등교한 것을 생각하면 쉬운 일은 아니지만 협의해 보겠습니다."

1학년 안숙자 부장이 말했다.

"아홉 시 수업에 들어가려면 조금 일찍 오셔서 준비가 되어야 하고, 학생들은 모두 와 있는데, 선생님이 허겁지겁 들어서는 모습을 보는 것은 좋은 영향을 주지 못하는 것 같아요. 애들 키우는 선생님들이 불편하실 것 같아 염려가 됩니다."

그 속에서 입만 삐쭉 내밀고 있던 2학년 우자탁 교사가 말했다.

"2학년, 저희도 협의하겠습니다."

물론 극단적으로 관리되지 않아 지각하는 학생도 있었지만, 일찍 출근하는 부모들이 많아 대다수 학생들은 등교가 빨랐다. 학년협의회 이후로 교사들의 출근이 조금 앞당겨졌다. 가까운 이웃 학교와도 차이가 조금 줄어들었다. 반년은 이렇게 시간이 흘러갔다.

2학기, 구월 시작부터 조금씩 안정이 되어갔지만, 이미진 교장이 넘겨준 업무조직에는 계속되는 많은 문제가 나왔다. 음악과 김원혜 교사가 2학년 부장인데 수업을 자주 비워 수업 결손이 많았다. 그래서 보강 들어가는 교사들의 불만도 컸다.

김원혜 교사는 월급이 나오지 않는 6개월이나 1년 병 휴직을 하지 않았고, 열흘 병 휴직, 또 열흘 연가, 사흘 일반 병가 등등으로 법적으로 가능한 결근을 하면서 교사생활을 영위했다. 그런데 이런 근무 자세를 가진 김원혜 교사에게 부장 보직을 준 사람은 이승원 교감이었다.

"교감 선생님, 김원혜 교사의 가정 문제가 무엇인지 교무부장을 통해서 좀 알아보시고, 휴직하도록 권유해 보세요. 그러면 기간제 교사를 채용하든지 해야지. 그 때문에 학생과 다른 교사들에게 불편을 끼치지 않습니까? 그래야 교육과정도 바르게 운영되지 않겠습니까?"

"네, 상담했습니다만 그냥 지금 같이 근무하겠다고 합니다."

"교감 선생님, 그게 지금 말씀이라고 하십니까?"

경서는 교감에게 맡겨 놓아서는 문제를 해결할 수 없음을 알았다. 그리고 몇몇 교사들과 면담을 한 결과 부장 보직 임명 때, 김원혜 교사가 '제법 큰 선물'을 교감에게 돌렸다는 정보를 들었다.

그러나 경서는 그것을 아는 체 할 수가 없었다. 교감 직위도 힘이라고 교사의 선물을 받고 근무 자세도 안 된 사람을 부장 보직을 준 교감이나 이미진 교장이나 한통속이라는 생각이 들었다.

경서는 하는 수 없이 김원혜 교사와 직접 상담했다.

"김원혜 선생님, 몸이 편하지 않아 쉬고 싶으시면 6개월 병 휴직을 하시는 것이 어떻겠습니까? 지금과 같이 결강을 계속하시면 다른 선생님들에게 피해가 가지 않습니까?"

"휴직하게 되면 부장직도 내놓아야 하지요?"

"그렇지요. 지금 같이 하루하루 근무하는 것이 힘든 상황에 부장직이 뭐 그리 중요합니까? 건강해지면 다시 할 수 있는 것을요."

"그럼 일주일 생각할 시간을 주세요."

"그러세요. 그럼 일주일 후에 결정하시고, 결근을 하지 않으시든지 6개월 휴직을 하시든지 결정해 주십시오."

면담은 실패했다. 일주일 후에 또다시 학교에 나오지 않았다. 그러나 결근을 한 다음 날, 휴직을 결정하여 서류를 챙겨왔다. 그래서 학기 중간에 2학년 부장 자리가 비었다.

2학년 부장 자리에 2학년 차석으로 있던 우자탁 가정 · 기술 교사를 앉혔다. 우자탁 교사는 얼굴이 갸름하고 눈도 또렷하게 생겼다. 목소리도 전달력이 꽤 높은 편이었다. 수업에 전달력이 있고 부장 임명이 되기 전까지는 순순한 자세로 일하겠다고 했다. 그리고 김원혜 교사가 휴직에 들어간 6월부터 2학년 부장에 임명되었다. 부장 보직을 맡고, 일주일만 말없이 업무에 충실했다.

하지만 한 달이 지난 어느 날부터, 우자탁이 '나는 부장을 하고 싶어 한 것이 아니다.'라고 어깃장을 부리기 시작했다. 학년부장 회의에서 결정한 학생 등교 시간 보다 10분 일찍 출근하는 것도 앞장 서 반대하고, 여론몰이를 했다. 다행인 것은 그 여론에 3학년과 2학년 부장이 동조하지 않았다는 것이다. 그래서 2학기부터는 내부적으로 우자탁 같은 교사가 있어도 힘을 쓸 수 없어 학교가 점점 안정되어갔다.

우자탁 교사는 전교조 지부장 주은수 교사와 결탁하여 '학교평가를 반대한다.' '학생 등교 시간보다 십분 일찍 오는 것도 반대한다.'며 무조건 반대를 위한 반대를 서서히 시작했다.

우자탁의 힘이 되어 같이 흔들어대는 또 한 명의 부장은 탁한옥 환경부부장이었다. 탁한옥은 매우 논리적이어서 논리로는 자신이 모두 옳았다. 그러나 말만 앞서는 논리는 모순임이 금방 드러났다. 우자탁 교사가 별관교무실에서 인터폰으로 환경부장에게 말하는 것을 들었다.

"탁 선생, 우리가 아침에 아홉 시까지 오면 되지 않아요? 왜 좀 더 일찍 와야 하지요?"

"그러게요. 괜히 교장 좋으라고 일찍 와야 하나? 애들도 지네들 집에서 있어야 할 시간에 학부모에게 맡겨야지, 우리가 왜 일찍 와야 하는 거예요?"

말도 안 되는 여론몰이를 하는 가운데도 그 대화를 듣던 박영수 교사가 한 마디 툭을 주었다.

"우자탁 선생님, 일찍 나오시기가 많이 불편하세요? 제가 뭐 도와 드릴 수 있을까요? 2학년 아침 복도 순회를 제가 해드릴까요? 교장 선생님도 교사들에게 불편을 줄이려 노력하시던데요. 유능하신 2학년 부장님, 제가 차 한 잔 올리겠습니다. 웃으세요. 하하."

"탁 선생, 여기 박영수 선생이 대화를 방해해서 끊을 게요. 오후에 2학년실로 차 마시러 와서 이야기합시다. 교사평가에 대한 것도 있고요."

"우 선생, 알겠어요. 끊어요."

그러자 박영수 교사가 또 끼어들어 한마디 했다.

"2학년 부장님은 참 유능하시다. 가만히 계셔도 부장직을 주고…….
교장 선생님이 우 선생님의 유능함을 족집게 같이 알아보셨나 봐요?"

박영수 교사는 그들의 여론을 끊어낸 것에 대한 미운털이 박히지 않
으려고 립서비스까지 했다.

과별 협의회를 통해 전해오는 의견들이, 일찍 오는 불편함도 있지만,
학생들에게 충실히 교육할 수 있는 학교 분위기가 오히려 자신의 일에
보람과 자긍심이 높아진 듯했다. 선동에 꿈쩍도 하지 않았고 학교는
조금씩 안정되어 갔다. 십분 앞당겨 출근하는 것도 잘 이행되었다. 그
러나 우자탁은 틈만 나면 반대를 위한 반대를 하는 편에 섰다.

전임 이미진 교장이 넘겨준 업무조직으로 여름이 지나 2학기 시월에
접어들었다. 경서는 교감과 새 학기부터는 우리 학교도 교육과정 운영
을 위해 등교 시간을 조금 앞당겨 조정하는 것과 각 부서별 부장에 대
한 협의를 했다. 진지아 교무부장이 현재 하는 업무보다 능력을 발휘
할 수 있는 부서로 옮겨 보자는 쪽으로 의견이 모아졌다.

경서는 30년 동안 결근하는 일이 거의 없었는데, 교사들은 이렇게 쉽
게 결근한다는 것도 알게 되었다. 2학년 부장의 결근을 겨우 마무리하
고 나니, 1학년 부장이 또 결근을 시작했다. 그들은 다른 교사가 들어
가야 하는 결강과 보강에는 마음을 두지 않고 오직 자신이 쉬어야 하
는 이유가 합당하면 열흘씩 병 휴직을 했다. 1학년 부장의 결근으로 차
석에 앉아 일하던 여이화 교사를 눈여겨보게 되었다.

여이화 교사는 1학년 교육과정이 제시하는 프로그램 방향을 협의한 후 기획해오라 하면 정말 잘 해왔다. 현시적이지 않고 실천이 가능한 프로그램을 기획하고 시행했다. 여이화 교사는 자신은 전교조가 아니라 말하지만 전교조였다. 여이화 교사의 남편이 전국교원노조 핵심인사였다. 그러나 경서는 여이화의 남편을 몰랐고 알고 싶지도 않았다. 단, 여이화 교사가 업무능력에 뛰어났고 학생을 지도하는 수업능력도 탁월한 점만 높이 샀다. 자연히 여이화 교사와 가까운 교사들도 진보적 성향이 강했으나, 경서의 40년 교직생활에서 학생문제와 수업문제를 훌륭하게 교육하는 교사로 손꼽을 만했다.

여이화 교사는 선배인 고운심 선생에게 깍듯했으며, 제시간에 교실에 입실하는 것을 행동으로 실천으로 일반 교사들의 수업에 대한 성실한 분위기를 이끌어 갔다. 물론 항상 교실로 들어가는 종소리가 나기 2분 전에 자리에서 일어나 교실로 향하는 고운심 선배 교사가 중심에 있고, 여이화 부장이 그 분위기를 더하여 간 것이었다.

늘어난 고무줄처럼 느슨했던 교사들 분위기가 조금씩 제자리를 찾아가는 가운데 새 학기를 준비해야 하는 학년 말이 되었다. 학교 교육과정 운영이 제법 안정되고, 현시적이지 않고 실질적인 운영이 되도록 교무와 업무조직 전반을 바꿨다. 부장이 선도적으로 움직일 수 있는 교사에게 보직을 주기 위해 교사 상담도 진행했다.

전년도에 부장 보직을 받은 교사는 자신이 보직을 내려놓거나, 원하지 않는다는 의사가 있기 전에는 교장이나 관리자가 함부로 그만 두게 하면 문제가 발생한다. 교장이 인사권이 있으나 시끄러워지는 것을 교장의 리더십 문제로 비화시키는 문화 때문에 대개 전년도 보직이 그대로 넘어가는 경우가 다반사다.

"교감 선생님, 작년에 학교 교육과정 책자 편집 때 처럼 교감 선생님이 교무의 일을 지도할 형편이 안 되시면 올해는 잘 할 수 있는 교사를 찾아보시는 게 어떠세요?"

"그렇지요? 진지아 선생님이 학생생활지도 부장은 더 잘 하실 것 같은데, 작년에도 본인이 학생부장은 절대 사양하셨어요."

"또 다른 부서는 생각을 해보지 않으셨어요?"

"활동적이고 '끼'가 있는 분이니……."

"진지아 교무부장이 교무 업무가 아닌, 더 잘 할 수 있는 부서로 이동할 수 있도록 교감 선생님이 한 번 더 심사숙고해 보세요. 진지아 부장에게 직접 희망 부서를 물어보고 설득할 수 있으시지요?"

"네 제가 설득해 보겠습니다."

"그리고 교무 능력이 될 만한 교사를 눈여겨 살펴보시고 추천해 주세요."

"네, 살펴보겠습니다."

"그리고 올해는 교사 출근 시간을 옆 학교와 같은 시각에 했으면 하는데, 한 20분 당겨져야 하겠지요?"

"정시 출근을 선호하는 교사들이 많겠지만, 이웃 학교 보다 빠른 것은 아니니 시행이 어렵지는 않을 듯합니다."

"그리고 임시 2학년 부장 자리를 메웠던 우자탁 교사의 근무 자세가 처음 부장 보직을 받기 전과 너무 달라, 이번 보직을 다시 원하면 부장은 20분 일찍 나올 수 있는지에 대한 확답을 받은 후 결정하기로 하는 것이 좋겠습니다."

"네 알겠습니다."

며칠 후 교감이 교장실로 내려왔다.

"교장 선생님, 교무는 자리 이동에 관해 이해를 시켰는데, 우자탁 교사는 어렵습니다."

"뭐가 문젭니까?"

"전교조들의 협조를 구해 학교를 시끄럽게 할 것 같습니다."

"그래요? 그럼 생각을 좀 해 봅시다."

경서는 업무 조직과 부장 보직을 줄 교사들의 명단을 작성해 놓았다. 그러는 가운데 2학년실 별관에서는 진지아 부장과 우자탁이 머리를 맞대고 깔깔거리며 수다를 떨고 있다는 말이 들려왔다.

진지아 교무는 이승원 교감으로부터 교무에서 다른 부장으로 옮겨진다는 사실과 내년에 또 20분 앞당겨지는 출근 시간에 대한 불만을 우자탁에게 털어 놓았다.

"내년에 부장은 또 20분 출근이 앞당겨진다는데, 우 선생은 올 수 있어?"

"예? 또 시간을 앞당긴대요? 학부모들도 자기 자식 잘 돌보지 않는데 우리가 뭔 상 받는다고 이렇게 충성스럽게 일을 해야 한대요? 우리 교장, 조직의 쓴맛을 못 봐서 그럴 겁니다."

"그렇죠? 잘나지도 못한 사람들이 괜히 부지런을 떨면 될 일도 안 된다니까요?"

"그러게 말입니다. 9시에 출근해도 학부모도 교육청도 아무 말 않는데, 교장 지가 뭔데 이러는지……. 리더십이 가장 훌륭한 사람은 머리가 좋으면서 게으른 사람이고, 그 다음 잘하는 사람은 머리가 좋으면서 부지런한 사람이고, 최악의 리더는 머리가 나쁘면서 부지런한 사람이라고, 서울대 나온 장학사가 리더십 강연에서 한 말이 있잖아요."

"우리 교장은 어느 쪽일까요?"

그들은 자신의 능력을 인정하지 않는 교장을 한바탕 씹어대고 있다고 했다. 그들의 시끄러운 수다를 들으면서 박영수 교사는 '사실 그 강연자는 학교에서 게으르다고 소문난 권력의 중심에 있는 관리자라서 자기변명 비슷하게 한 강연이었는데…. 참, 듣는 사람마다 다르다.'고 속으로 생각했다.

교감이 인터폰으로 우자탁 교사를 찾는 연락을 했다. 인터폰 소리가 울리자 우자탁은 얼른 두 팔을 엑스자로 움직여 자신이 없다는 표시를 했다. 교사들의 퇴근 시간이 가까워 벌써 퇴근한 교사들도 있었다.

교감이 인터폰에서 우자탁 교사를 찾자 인터폰을 받은 교사가 맥 풀린 목소리로 말했다.

"교감 선생님, 2학년 부장님 안 계세요."

"그래요? 벌써 퇴근하셨나요?"

"금방 나가셨어요."

"알았어요."

인터폰을 내려놓은 교감이 경서를 쳐다보고 있다.

"벌써 자리를 비웠습니다."

"그럼 내일 다시 의논해서 결정합시다."

그런데 다음 날 갑자기 우자탁 교사가 학교를 나오지 않았다.

"교감 선생님, 우자탁 교사에게 부장 보직에 관한 말씀을 드렸나요?"

"아뇨, 아직 말하지 못했는데요."

"그런데 왜 갑자기 결근했지요?"

"아마 교사들 사이에서 출근 시간이 앞당겨진다는 말이 돌았을 겁니다."

"그럴 수도 있겠네요."

오후 5시까지는 결정해야 하고 부장교사 명단을 작성하여 교육청에 보고해야 하는데, 우자탁이 어깃장을 놓기 위해 일부러 교장과 교감의 면담을 피한다는 느낌이 들었다. 학교에서 전화를 다섯 번이나 했으나 받지 않았다. 궁여지책으로 핸드폰에 경서는 메시지를 남겼다.

'우자탁 선생님, 이 문자 읽으시면 바로 연락 바랍니다.'

'부장 보직 결정을 위해 본인의 분명한 의사가 있어야 합니다.'

'아침 출근을 20분 앞당겨 근무할 수 있는지 의견을 주세요.'

'오늘 5다섯 시까지 명확한 답변이 없고 연락도 없을 시에는 보직 임명을 포기하는 것으로 알겠습니다.'

그래도 연락이 없었다. 하는 수 없었다. 2학년 부장직을 다른 교사에게 넘기기로 결정하였다. 결정이 있고, 한 시간도 안 되어 교육청 홈페이지에 'S중학교 교장의 독단'이란 제목으로 글이 올라왔다. 곧이어 교육청으로부터 경서가 고발되었다는 전갈이 왔다.

"S중 경서 교장 선생님이시죠?"

"네, 어디시지요?"

"교육청 인사과입니다. 그 학교의 교사가 문제를 제기했어요."

"무슨 문제죠?"

"아, 부장 보직 문제로 교장 선생님이 절차를 지키지 않으시고, 독단적 결정을 내렸다는 고발이 들어왔습니다."

경서는 '아, 우자탁 교사와 전교조들이 일어났구나.' 생각하면서 절차를 지켰음을 설명했다.

"네 알겠습니다. 혹시 경위서가 필요할 수도 있으니 작성하셔서, 메일로 보내주셨으면 합니다."

"네 알겠습니다."

경서는 바쁜 중에 경위서를 작성하여 제출했다. 이런 굿판을 벌이면서 부장 보직이 정리되었다. 우자탁 교사는 2학기 보직을 맡고 보름이 된 후부터 농땡이를 쳤고, 반대를 위한 반대에 앞장섰으나 많은 교사들이 우자탁의 선동에 움직이지 않았다. 학교는 아주 많이 안정되어 교육과정이 제법 짜임새 있게 변해갔다.

1년 후, 선동도 안 되고 발 붙일 곳이 없으니 우자탁 교사는 전보 내신하여 다른 학교로 갔다. 경서는 우자탁의 두 얼굴에 말할 수 없는 비열함을 느꼈다. 그것도 교사란 직업을 가진 사람이 어떻게 조석으로 달라진 얼굴을 가질 수 있는지에 대해 놀랐다.

3월에 이승원 교감도 다른 학교로 갔고, 도이만 교감이 새로 왔다. 교무도 바뀌었다. 새 교무부장 여이화는 방향만 잡아 협의를 하면 곧잘 해냈다.

3월 B도 교육청의 교사 발령이 있은 후 곧 바로 여이화 교무가 물었다.

"교장 선생님, 우자탁 교사가 어디로 발령 났는지 아세요?"

"아니, 몰라. 난 그 선생이 어디 가서 근무하든지 이젠 좀 잘했으면 싶어요. 나한테는 잘못했어도 또 다른 교장을 만나면 잘 할 수도 있다고 생각해서 알려고 하지도 않았어요. 잘 가서 좋은 방향으로 변화되었으면 하는 마음입니다."

"그런데 광서중학교 학생부장으로 갔다고 합니다. 한번 알아보시는 게 어떠세요? 그 학교 박수희 교장 선생님이 우리 교장 선생님을 잘 아신다고 하던데요?"

"아니, 난 알고 싶지 않고, 우자탁 교사에 대한 이야기를 입에 올리고 싶지도 않아."

"네, 그러세요? 학생부장으로 발탁되어 갔다고 해서요."

"잘 되었네요. 훌륭한 학생부장이 되면 좋겠습니다."

여이와 교무부장으로부터 소식을 들은 지 15일이 넘어가지 못하고 광서중학교 박수희 교장한테서 전화가 왔다.

"여보세요, 경서 교장 선생님이세요?"

"네."

"광서중학교 박수희 교장입니다."

"오랜만입니다. 난 소식을 모르고 지냈는데 교장 선생님이 되셨네요."

"네, 우리 학교는 경기도 광주에 있어요. 다름 아니라 우자탁 교사에 대해 알고 싶어서 연락 드렸어요."

"왜요?"

"교육청 발령 대기자 가운데 학생부장 할 만한 사람을 추천해 달라고 했더니, 이웃 학교 학생부장이 추천했다면서 왔는데 일주일만 학생부장처럼 일하고는 그 후에 무조건 '할 수 없습니다, 반대합니다.' 하니, 교장 선생님 학교에서의 근무 태도는 어떠했는지 궁금해서 연락했습니다."

"여기서도 그와 비슷했지요 뭐. 나라고 그 사람을 더 잘 관리할 수 있었겠습니까? 그 성향은 그 사람 몫이지요."

"그 학교에서도 일주일 못가서 태도가 변했나요?"

"네, 여기서는 사흘도 못가서 태도를 바꿨지요. 전교조 뒷배가 여긴 더 탄탄하거든요."

"그 교사를 추천한 사람이 A향우회 사람이지요?"

"이 지역의 대부분 학생부장은 그쪽 사람들이 장악하고 있으니 그럴 확률이 높지요."

"어머 정말 놀랍네요."

광서중학교 박수희 교장도 이미진 교장과 함께 교사로 근무했던 동료였다. 박수희 교장은 그곳에서 장교와 결혼하여 지금은 대령 부인이 되었다. 그 남편의 울타리가 되어 별 탈 없이 학교 운영을 해나갔는데. 그 학교에 우자탁 교사가 간 것이었다. 박수희 교장은 전화로 말했다.

"어머 어머! 경서 교장, 내가 기가 막혀 말이 안 나옵니다. 어떻게 일주일 전과 후가 이렇게 다를 수가 있지요?"

"아마 전교조 제1선의 행동대원인가 봅니다. 지령에 따라 금방 앞뒤 얼굴을 바꿀 수 있는 것은 목적이 뚜렷할 때 할 수 있는 것 같은데……. 혹, 박수희 교장 선생님이 그들의 입장에서는 적폐세력일 수도 있지 않을까요?"

"어째 모든 것을 손바닥 뒤집듯이 아침저녁으로 이렇게 다를 수가 있는지 이해가 안 됩니다."

박수희 교장은 경서가 까다로운 사람이라 우자탁을 전보시킨 것으로 오해했다가 우자탁의 이중성에 놀라 전화했던 것이다. 우자탁을 학생부장으로 추천한 것도 'A향우회 학생부장 조직과 이미진 교장'이었다. 그런데 추천한 사람이 드러나지 않을 정도로 에둘러서 추천을 했고, 우자탁의 똑 부러지는 말솜씨와 처음 보는 사람에게 공손하게 대하는 태도에 속았다.

"정말 기가 막혀요. 사람을 믿을 수 없게 만드네요."

"제가 정보를 드리지 못해 미안합니다."

"아니, 고마워요. 학교가 안정 되면 한 번 방문해 주세요."

"네, 너무 스트레스 받지 마세요."

"그래야지요."

경서는 전화를 끊고 우자탁 교사가 불쌍하다는 생각이 들었다. 물론 우자탁은 미련한 경서를 바보 같다고 비웃고 조롱하겠지만……. 생각에 잠긴 경서의 시선이 아련하다. 넓은 운동장엔 봄이 서성이고 있었다.

# 학교 운영위원회 학부모회

초등학교 시절에는 자주 담임교사 면담을 다니던 학부모들도 중학교 입학 후에는 학교에 방문하는 횟수가 거의 없었다. 그래서 삼월 초에 열리는 학부모 총회 때는 학교의 일정이 더욱 더 빠듯하게 운영되었다. 어렵게 방문한 학부모들을 위해 총회가 열리는 날에 담임교사와 학부모 상담시간까지 배정했기 때문이었다.

총회에서 학교운영위원회 학부모위원을 선출하고, 학급별 학부모 대표들을 구성하는 일들로 북적이는 가운데 학부모 상담까지 해야 하는 교사들의 고충이 해가 저물어 어두워져도 끝나지 않는 학급들이 다반사였다. 학교운영위원회 구성에 관한 업무는 행정실에서 계획하고 시행했다.

학교운영위원회는 학교의 교육과정, 예산, 학사일정, 교육 활동 등에 대한 중요한 사항을 심의 자문하는 기구로 학부모위원, 교원위원, 지역위원으로 구성 운영하도록 1995년 3월 31일 발표된 초중등교육법 시행령에서 처음 규정하였다. 이후 각급 학교에서 설치 운영하게 되었다. 학교운영에 대한 정책 결정의 민주성, 합리성, 투명성을 제고하고 학교의 자율성과 책무성을 강화하는 제도였다.

학교운영위원회는 위원 정수는 학부모위원, 교원위원, 지역위원으로 학생 수에 비례했다. S중학교 운영위원은 학부모위원 5명, 지역위원 2명, 교원위원 6명 간사 1명으로 구성되었다. 학부모 위원은 학부모 총회에서 투표로 직접 선출하고, 교원위원도 당연직(교장)을 제외하고 선거 절차에 의거해 교직원 전체회의에서 무기명 투표로 선출했다.

그러나 지역위원이 문제였다. 학부모와 교원위원 당선자의 추천을 받아, 학부모위원 당선자 및 교원위원 당선자가 무기명 투표로 선출하게 되어 있는데 지역위원을 추천하는 사람이 없었다. 경서는 학교운영위원회 간사 역할을 하는 홍적돈 행정실장을 불렀다.

"홍 실장님, 학교에 협조적인 지역 인사를 아는 분이 없습니까? 아무래도 몇 년 이곳에 더 사셨으니 또 업무상 사업하는 사람들도 아실 것이고, 이 학교 졸업생 중에 후배들에게 뜻이 있는 인사도 있을 수 있잖습니까?"

그러자 홍 실장은 실실 웃음기를 머금고 얼굴빛이 환해졌다.

"우리 학교 지역 인사로 들어오고 싶어 하는 분이 계십니다."

"어떤 분이신데요?"

"요 건너편 상대원 입구 일파병원에서 사무장을 하시는 분입니다."

"그래요?"

"잘은 모르는데 지역위원으로 와서 운영위원장이 되고 싶어 하세요. 학교 발전기금도 내겠다고 하시던데요?"

"학교 장학사업에 관심 있는 분이가요?"

"어려운 환경에 못 배운 것이 한이 되어 학교에 좀 도움이 되었으면 한답니다."

"아무튼 추천하는 사람이 없으니 명단에 올려 보세요."

홍 실장이 추천한 지역 인사는 장의석으로 일파병원 사무장이란 명함을 내밀었다. 더 이상은 지역위원을 추천하는 사람이 없어 이 지역에서 퇴직한 선배 교장을 찾아가 부탁을 했다.

학교운영위원회 운영위원장 선출을 위해 학부모 대의원과 학교운영위원회가 소집되었다. 홍적돈 행정실장이 일어나 그를 소개했다.

"장의석 지역위원이시고 병원 사무장이십니다. 앞으로 이 학교발전을 위해 여러 가지 노력을 하시겠답니다. 시청과 시의원실에 학교 지원에 도움을 많이 받도록 힘이 되겠다고 합니다."

홍적돈 실장의 적극적인 소개로 인해 장의석 지역위원이 학교 운영위원장이 되었다.

한편 학부모 총회에서 학부모 회장과 부회장을 선출했고, 교사들이 학부모 상담을 통해 학급 대표 학부모 임원들도 조직하였다. 그리고 평소에 학교에 나오지 못하지만 각 학급당 여덟에서 열 명 정도가 아침 교통지도와 급식, 또는 중간·학기말·학년말 시험 때 부감독으로 활동할 봉사자로 학부모 모임이 결성되었다.

학교운영위원회와 학부모회와 학부모 봉사조직이 완성되자, 학교 전반이 일상으로 돌아갈 수 있도록 짜여졌다. 삼월 초의 분주함이 안정화되어갔지만, 교사들은 전반적으로 타 학교에 비해 느슨하고 지저분하면 지저분한대로 오래된 학교거니 하고 대충 지나가버리곤 했다. 경서는 청소를 해도 깨끗해지지 않는 학교 교실의 열악함에 매일 교실 청소를 관리하는 교사와 학생들에게 미안한 마음이 들었다. 그래서 행정실장을 불렀다.

"홍 실장님, 청소는 학생이 하고, 검사는 교사에게 책임을 다 넘기고 있지만, 학교 시설 전반을 관리하는 행정실장님이나 저나 그들에게 미안한 마음이 들지 않아요?"

"그래도 지금 많이 깨끗해졌는데요? 지난해에는 더 지저분했습니다. 교장 선생님이 진공청소기도 학급마다 배치해서 교실의 먼지도 줄고 공기 질도 많이 좋아졌어요."

"그래도 교실의 먼지가 너무 많아요. 바닥도 유리창도 3년은 청소 안한 학교 같아요. 이번 여름방학 때는 청소 대행업체를 불러 창틀 틈에 끼어 있는 먼지와 유리창, 교실바닥을 대청소해야 하겠습니다, 청소 업체와 비용을 알아보고 예산을 어디에서 사용할 수 있는지 살펴보세요."

"교장 선생님, 올해는 청소 예산을 잡아 놓지 않았는데요."

"실장님, 요즘 교사들은 자랄 때 집에서도 청소는 부모들이 다 해주고 공부만 하면서 자란 사람들이라 교사들이 하는 학교 청소가 한계가 있다고 생각되지 않아요?"

"그렇죠. 우리 집부터 아이들 방도 애 엄마가 모두 청소해 아이들이 자기 방도 치울 줄 몰라요."

"홍 실장님, 이 학교는 기본적으로 묵은 때와 먼지가 너무 많으니 청소업체를 불러 대청소를 한 다음 담임교사와 학생들에게 깨끗이 사용하도록 지도함이 합당할 것 같지 않아요? 경비가 얼마나 들어가는지 알아보세요."

"교장 선생님, 청소할 예산이 잡혀있지 않다니까요."

그는 거듭 난색을 표했다.

"천만 원 이상은 있어야 할 것 같은데. 올해는 예산이 잡혀있지 않아서 힘들 것 같아요."

"홍 실장님, 이번 교무실과 행정실에 사용하는 사무용품을 3월 초에 팔백만 원어치 사들여오고 보름도 안 되었는데, 또 사무용품비로 오백만 원이나 신청했는데 그 예산은 어느 항목에 있는 것이지요? 학교에 맞게 예산을 사용하도록 행정실장이 도와야 하는데 어찌 안 된다고만 하십니까? 예산서 다시 한 번 찾아봅시다. 예산서 들고 다시 들어오세요."

경서는 행정실장에게 은근히 화가 났다. 초임 교장이니 예산을 잘 모르리라 생각하고 있는 것 같았다. 사무용품을 3월 2일에 이백만 원, 일주일 후에 또 삼백만 원, 5일 지나자 또 팔백만 원, 4일 후에 다시 오백만 원이나 결재를 올리다니……. 구입처는 이 학교의 몇 대 교장을 걸쳐서 거래해 온 문구점이었으며, 그곳은 어느 시의원의 아들이 운영하고 있었다. 그리고 물건 구매를 위한 결재는 교장까지 내고, 대금을 치르는 것은 행정실장 전결이었다.

그래서 경서는 은근히 지출이 바르게 되는지에 대한 의문이 생기기도 했다. 문구용품 뿐만 아니라 급식실에 하자 보수공사를 경서가 오자마자 3월 2일에 결재를 내었는데, 한 달이 지나기 전에 다시 보수 공사를 같은 장소에 해야 한다는 것이었다. 급식실이니 바로 고쳐줘야 문제가 없을 것 같아 결재를 하기는 했지만, 다시 한번 공사현장을 확인해야 했다. 하수구 주변인데 물이 샌다고 하니까 어쩔 수 없었다. 뿐만 아니라 본관 건물 뒤편은 쓰레기장이었고, 그곳에서 거의 90도 각도로 300m 높이의 옹벽 위에 대추나무가 학교 건물 쪽으로 비스듬히 기울어져 뿌리를 내리고 있었다. 대추나무 옆으로 난 옹벽 위의 언덕길에 차가 다니는 것이 위험스러워 보였다. 경서는 행정실장을 불렀다.

"실장님 학교 뒤편의 쓰레기 처리와 옹벽을 안전하게 구축해야 위험이 감소할 것 같은데, 한번 잘 보세요."

"교장 선생님, 지금껏 아무 탈 없이 잘 지내 왔습니다. 이 옹벽을 처리하자면 많은 예산이 들어요. 학교 예산으로는 안 될 것 같습니다."

경서는 머리를 흔들었다. 더욱이 옹벽과 본관 건물 사이의 바닥은 비 온 뒤에 하수처리가 잘 되지 않아 이끼와 하수 냄새, 습한 냄새가 나서 학교의 환경을 더 더럽게 했다. 그럼에도 남학생들이 장소를 가리지 않고 나와 뛰어다니니 어떻게 하든지 물길이 나갈 수 있도록 해 줘야 할 것 같았다.

"홍 실장님 여기 뒤 운동장도 비온 뒤에 물길이 나갈 수 있게 하수처리를 할 수 없을까요?"

"그 전 교장도 공사를 두세 번 했습니다."

"그런데도 이렇다는 것입니까?"

"예."

"아니, 비 온 뒤 물길 빠져나가게 하는 것이 그렇게 어렵나요? 이번엔 완전히 물이 흘러나갈 수 있도록 공사를 해봅시다."

경서는 지금 할 수 있는 것 중에 먼저 환경을 깨끗이 해 분위기를 잡으려 했으나 행정실장은 계속 예산 타령 운운하면서 엇박자를 놓고 있었다. 행정실로 들어와 예산안으로 행정실장과 씨름을 하는 중에 신학기 학교운영위원회의 운영위원장으로 선출된 장의석 지역위원이 찾아왔다.

"학교를 한 바퀴 돌아봤습니다. 하하."

교장이 순회하듯이 자신이 해야 할 일을 한 것처럼 뒷짐을 지고 있었다.

경서는 아무래도 이 사람이 학교 운영위원장의 역할이 무엇인지 잘 모르는 것 같았다. '학교 운영위원장이 되면 학교장과 같은 줄 아나?' 하는 생각이 들었다.

"어서 오세요. 운영위원장님."

그에게 자리를 권했다. 그러자 그는 자기 자리에 앉는 것 같이 엉덩이를 내던지듯 털썩 내려앉았다.

"실장님, 차 한 잔 내 오세요. 그리고 실장님도 함께 앉으세요."

"무슨 일 때문에 두 분이 그렇게 길게 의논을 하고 계신가요? 내가 방해가 되었나요?"

경서는 학교운영회위원장의 근엄한 자세와 태도가 못마땅했다. 그러나 웃으면서 대꾸했다.

"아닙니다. 학교 뒤의 옹벽이 위험해 보이고 건물 뒤편에 비 온 후 물이 빠지지 않아 보수를 어떻게 해야 하는지 이야기를 나누고 있었습니다.”

“아, 그래요? 내가 도울 것이 뭐 없겠습니까.”

“예산에 문제가 되는지. 홍 실장이 끙끙 앓는 소리를 합니다.”

“그래요? 그럼 내가 돈 천만 원 기부하겠습니다.”

“감사합니다. 지역운영위원장님.”

그러자 홍 실장이 곁에서 거들고 나섰다.

“장 운영위원장님, 지역위원으로 추천서를 낼 때 찬조금 천만 원 하신다는 말씀 외 또 천만 원 내시겠다는 건가요?”

“홍 실장님께 내가 먼저 약속을 했었지. 그 말입니다.”

순간, 경서는 ‘지역위원 추천하고 운영위원장 자리 준다고 천만 원 기부하겠다고 홍 실장에게 약속을 미리 했단 말인가? 그래서 그렇게 적극적으로 이 양반을 학교 운영위원장이 되게 했구나.’ 하고 생각했다.

홍 실장이 운영위원장에게 말했다.

“교장 선생님과 의논할 일이 많으니, 급하게 하실 말씀이 없으시면 다음에 다시 방문해 주시지요.”

홍 실장은 운영위원장을 일어서게 했다. 홍 실장은 운영위원장이 가고 난 뒤 긴 한숨을 토했다.

“홍 실장님, 저분이 추천서를 써 달라면서 찬조금을 약속하셨나요? 그럼 이력서는 모두 믿을 수 있나요?”

경서가 묻자 홍 실장은 말을 더듬었다.

“아, 글쎄 추천서 써 달라면서 그냥 지나가는 소리로 하는 줄 알았어요."

홍 실장은 난처한 얼굴을 하더니, 장의석이란 사람에 대한 설명을 하기 시작했다. 이력서에 있는 대로 일파병원 관리사무장을 하고 있는데 그게 장의실에 근무한다는 것이었다. 장의석은 초등학교를 겨우 나와 이일 저일 잡일을 하다가 병원의 쓰레기 치우는 일을 하게 되었는데 그것 보다는 돈을 더 많이 받는 시체 닦는 일로 약간의 돈을 모았다.

그 뒤 병원의 사무관리장이라는 명함을 얻어 시의원 도의원을 따라다니며 소문을 물어다 나르고, 그들이 다니는 길목에서 자신도 시의원이 되어보고자 하는 사람이라는 것을 알게 되었다. 절반쯤 시의원이 된 것처럼 거들먹거리고 다닌 모양이었다. 그 시절에 지방의원들이 대부분 학교 운영위원장을 거쳐 학부모의 표를 얻어 당선된 경우가 많았기에 그 노선을 타 보고자 했던 것 같다. 더 깊은 내용은 모르면서 홍 실장에게 기부금을 약속하며 추천서를 받았고, 홍 실장은 장의석을 운영위원장이 되도록 조력해준 것이었다.

그러나 장의석은 운영위원장이 된 뒤, 찬조 기부는 1원도 하지 않았다. 말만 앞세웠다. 학교운영 사항에 대해서 아무것도 알지 못하면서 의결에 두드리는 뽕망치만 폼 잡고 땅땅 내리쳤다. 모든 학교운영위원들은 장의석이 너무 세게 내리치는 망치소리 때문에 눈살을 찌푸렸다.

그해, 4월 중순이 되어 장의석 학교 운영위원장이 망가진 학생 사물함을 보고 시청에 건의를 해 삼천오백만 원의 지원비를 받아왔다고 으쓱대며 학교를 방문했다. 다음이 문제였다. 홍 실장과 운영위원장이 서로 자신과 연결고리가 있는 업체를 선정하겠다고 싸움질을 했다. 경서는 두 사람이 한심했다. 결정권자인 교장은 가만히 있는데 저들끼리 싸우는 꼴이 가관이었다.

학교 운영위원장은 자신이 한 말 때문에 그래도 이것저것 학교에 보탬이 되려고 노력하였다. 그중 하나가 학생합창대회를 위해 시청 시민문화회관을 학교 일정에 맞추어 예약 가능하게 도왔다. 학생들에게 무대 경험을 하게 해주었고, 멋진 축제 문화를 만드는데 일역을 담당했다. 이후로 많은 학교가 시청시민문화회관을 대여해 행사하는 것이 보편화되었다.

학교 일선에서는 학교운영위원회가 학교를 돕는 일도 크지만, 학부모회가 하는 일이 더 많았다. 각 학급을 대표하는 학부모가 열 명 내외로 자진하여 참여했다. 사실 대부분이 직장인들인데 자녀를 위해 참석하는 열의 있는 학부모들이었다. 이들은 아침 등교 시, 건널목 교통지도에서부터 학생부 교사와 함께 학교 교문 지도, 중간 · 기말시험 때 부감독 역할 등으로 지원하는 학부모회 봉사자들이었다.

학교운영위원회와 학부모회가 구성되고, 4월 말이 되면 학교의 분위기는 제법 안정이 되었다. 이 시기에 '교육과정 운영에 관한 사항과 학교 회계 전반 사항'을 중심으로 학교운영위원회 연수를 실시했다. 그때, 새로 구성한 학부모회의 학부모회장이 사십만 원이 든 봉투를 가지고 와서 학기 초, 교사들 회식을 하라고 찬조금으로 내어놓았다. 경서는 당황스러웠다. 그 당시 학부모회에서 행하는 관례인 듯하여 봉투를 탁자 위에 그대로 두고, 학부모회장이 있는 자리에서 진지아 교무부장을 인터폰으로 불렀다.

"학부모님들이 교사들 사기를 높여 주시겠다고 이런 것을 마련해 오셨네요. 교무부장님, 학기 초 교사들 회식하는데 보태 쓰라고 하시니 부장님이 처리하세요." 하고 봉투를 전했다. 그런데 다음날 경서가 전교조 교사 단체에 고발이 되었다. 교사들 사이에 설왕설래했으나, 결국 교장이 돈에 손도 대지 않고 그대로 교무부장에게 넘겼으니 그 돈은 결국 학부모회에 다시 돌려주는 것으로 끝이 났다.

경서는 이 어려운 학교에서 5년을 근무했다.

대부분의 학부모들은 교육과정 일정에 따라 협조적이었고, 교사와 학교장을 평가할 때도 5점 만점에 4.5점을 넘겨받았다. 그런 속에서도 몇 명의 안티들은 있길 마련이었다. 건의란에 말도 안 되는 욕을 써 내는 사람도 있었다. 침묵하면서 지원한 많은 학부모와 성실한 교사 덕분에 학교는 점점 좋아져 갔지만, 문제는 항상 존재했다.

행정실장은 학교 운영위원장과 갈등으로 다른 학교로 갔고 운영위원장도 연임이 되지 않았다. 그리고 그 후에 이장현 지역위원이 들어와서 학교 전반에 걸쳐 소리 없이 도움을 주었다. 전 운영위원장이 약속한 천만 원 찬조금을 대신 내겠다는 말에 운영위원장님이 약속한 액수도 아닌데 오백만 원만 내주면 태권도부 운영비로 지원하겠다고 했다.

이장현 운영위원장은 가정 형편이 어려운 학생에게 장래 희망을 조사하여 조리사가 되고 싶은 학생에게는 최고의 요리용 칼을 선물하기도 했다. 그러자 장의석이 뒤에서 학부모를 선동하기 시작했다. 물론 동조하는 힘은 적어 시끄러운 일은 없었지만 해결해야 하는 문제는 발생했다.

그날은 비가 부슬부슬 내렸다. 태권도부가 경기 참가한다고 교장실 앞에 와서 인사를 하고 떠났다. 그들의 인사를 받고 '이기고 돌아오라.'고 함께 구호를 외치고 돌아서 순회를 시작했는데 학생들이 우르르 몰려 복도를 냅다 뛰었다.

학생부장을 불렀다. 복도에 빗물을 닦고 안전사고에 대한 방송을 하게 하고, 교사들에게는 교실 입실 종이 울리면 교실로 빠르게 입실하도록 전달 사항을 내렸다. 아니나 다를까 학생이 뛰고 장난하다 복도 벽에 머리를 부딪쳐 양호실에 있다는 보고를 받았다. 경서는 얼른 양호교사와 담임을 불러 사건 경위를 알아보도록 했다. 같이 뛰어다니던 학생들은 다 도망가고 한 명이 잡혀왔다. 담임교사가 조사한 결과는 같이 잡기놀이를 하다가 스스로 벽에 부딪쳤다고 했다. 보통의 학교에서는 이런 문제는 교감과 학생부장이 해결해야 하는데 교감이 들어가기 시작하면 문제가 항상 더 크게 번지는 경향이 있어 경서는 자신도 모르게 개입하는 경우가 많았다. 그러나 그 학생은 '머리에 통증이 심하고 두통이 있어서 수업을 할 수 없다.'고 했다. 걱정이 되어 학생을 병원으로 이송토록 했다. 이 학교에 온 후로 발생했던 학생 문제가 다툼으로 변했을 때 학부모의 억지가 사건을 더 어렵게 하는 경우가 많았던 경험이 떠올라 '담임이 학생을 이송해서는 안 돼.' 하는 생각이 번개처럼 머리를 스쳤다. 경서는 다시 양호실로 전화해서 양호교사에게 우리학교 '건강검진 담당' 병원으로 학생이송을 당부했다. 학생이 병원으로 이송된 다음 걱정하는 마음으로 전화를 기다렸다. 한 시간 지난 시각쯤에 연락이 왔다. 전화 너머로 양호교사의 난감한 목소리가 들렸다.

"교장 선생님, 이 학생의 진료를 거절한다고 합니다."

"왜요?"

"이 학생 초등학교 시절에도 이와 같은 사고로 여섯 번이나 진료를 받고 가서 진료비를 내지 않았답니다. 그래서 이번에는 먼저 진료비를 내야 진료를 해줄 수 있다고 합니다."

"그래요? 선생님께서 대납하시고 오세요, 그 병원 진료비는 내가 낼 테니까요. 학생 진료만 명확한 답변을 가지고 오세요."

"네 알겠습니다."

반나절이 지난 후에 양호 교사와 학생이 학교로 돌아왔다. 양호교사는 '6만 8천 원 진료영수증'을 내 놓으며 보고했다.

"아무 이상이 없답니다."

그날 그 학생은 점심 급식도 잘 먹었고 집으로 돌아갔다. 그런데 그 다음날 담임교사가 그 학생이 결석했다는 보고를 했다.

학생 어머니께서 아이가 머리가 계속 아파 등교를 못시키겠고, 그 학교 병원은 믿을 수 없어 분당 S종합병원으로 MRI 사진을 찍고 재검진 하러 간다는 것이었다.

경서는 머리에 떠오르는 사람이 있었다. 지난번 운영위원장 자리에 연임을 못하고 나간 장의석이었다. 그 주변에는 문재금 학생부장 주변에 맴도는 문제의 학부모들과 유사한 부류의 학부모가 있었다. 경서는 빠르게 양호교사를 불렀다.

"양호 선생님, 이 문제를 가만히 그 학부모와 학생이 하는 대로 두면 병원 분쟁이 나겠어요. 선생님은 전문가이시니까 지난번 진료에서 들었던 내용을 정확하게 전달하실 수가 있으니 분당 S병원으로 연락해서 이 학생의 진단서에 대해 명확하게 전달하시고, 병원 분쟁에 휘말리지 않도록 조치해주세요."

"알겠습니다."

경서는 참 어이가 없었다. 중학교 1학년밖에 안 된 학생이 엄마와 함께 의료 사기를 치려하다니.

지난 해, 학생회 회장 선거 즈음에 하루는 장의석 운영위원장이 교장실로 쓱 들어왔다.

"학생회장에 몇 명이 나왔습니까?, 학생회장이 되려면 학교장 포상정도는 한두 장 가지고 있어야 하지 않겠습니까?"

"학교장 포상을 한 장 만들어 주면 30만 원은 받아드릴 수 있습니다."

그 말에 경서는 속으로 기겁을 했던 기억이 났다. 그해 학생회장으로 출마 한 학생 중 두 명이 경쟁자였는데, 한 명은 스스로 하는 힘이 강했고, 다른 한 명은 어머니가 학부모 운영위원으로 자신의 아들을 학생회장으로 만들고자 하는 욕심이 꽉 차 있었다. 어느 날 학부모가 교장실로 찾아 왔다.

"아들 소태형을 학생회장 후보로 내보내길 희망하는데 교장 선생님의 생각은 어떠세요?"

경서는 소태형이 그만한 능력이 없다고 말할 수 없었다.

"자녀가 하고자 한다면 부모님이 지원해 주셔야지요."

경서는 그렇게 답했다. 소태형은 학생회장 선거에서 떨어졌다. 곧바로 어머니가 찾아와 원망했다.

"교장 선생님이 우리 아이를 출마하라 해놓고 떨어뜨렸다."

이런 학부모와 대화를 해야 하다니 한심하기 짝이 없었다. 교직자로서 자괴감이 끝 모를 늪으로 빠져들었다.

"어머님, '아이가 원하면 지원하시라.'는 말씀 외에 제가 더 이상 무슨 말씀을 드렸습니까? 그리고 입장 바꿔 생각해 보세요, 제가 학부모고 어머님께서 교장이라면 학부모가 오셔서 자신의 아이를 회장 후보로 출마시키겠다는데 '안 됩니다.'라고 말씀드릴 수 있겠습니까?"

그러나 그 학부모는 얼토당토않은 말로 소문을 만들었다. 잘 살펴보면 학교 운영위원장이었던 장의석 주변에 잘못된 기준으로 모든 것을 판단하는 무리들 말장난에 그 엄마가 혼돈했을 것으로 짐작되었다. '얼마나 과장해서 이야기를 했을까?'

학교 결석하고 병원으로 간 모자의 사기사건은 아니나 다를까.

"아무 이상이 없다고 진단이 났습니다. 교장 선생님의 판단이 '신의 한 수'였어요. 가만히 두고 있었으면 학교가 시끄러워질 뻔했습니다."

양호교사의 보고였다. 이런 시끄럽고 껄끄러운 일이 자주 일어나자 기간제 양호교사가 사표를 내버렸다. 다시 기간제 양호교사를 채용해야 하는 일이 벌어졌다.

연임에 실패한 장의석 운영위원장은 너무나 치졸한 일을 여러 가지로 벌였다. 모자 사기 사건이 실패로 돌아가자 또 다른 일을 벌였다. 교장을 '정신병자'로 몰고자 한 것이었다.

하루는 업무가 많아 저녁에 혼자 남아 서류를 뒤적이고 있는데 중국집에서 음식이 잔뜩 배달되었다. 마침 그때 2층 교무실에서 다음 날 공개수업 자료를 준비하느라 배지혜 선생님도 초과근무 중이었다. 중국집에서는 교장실이 어딘지 모르고 교무실 배지혜 선생님한테 간 모양이었다.

"여기가 교장실입니까? 라조기와 유산슬 배달 왔습니다." 하니 교장실은 1층에 있다고 알려줬다고 했다.

"내가 시킨 요리가 없는데요."

경서는 어리둥절했다. 배달원은 머리를 갸우뚱하며 배달 주소 메모지를 확인하더니 나갔다. 그 배달원이 가고 십 분도 안 돼 이번엔 또 치킨집에서 배달이 왔다. 그 배달원도 교장실을 몰라 2층 교무실로 갔다가 1층 교장실로 왔으나 경서가 '시키지 않았다.'는 것이 확인되자 똑같이 이상하다는 듯이 주소 확인을 한 후 돌아갔다. 곧바로 피자집에서 배달이 또 왔다. 연이어 배달원이 오고 가는 것을 본 배지혜 교사가 교장실로 내려와 그녀는 머리를 갸우뚱거리며 "교장 선생님 저는 먼저 집으로 들어가겠습니다." 하고 자리를 떠났다.

경서 생각에는 이상한 일이 생기니까 배지혜 교사가 일을 멈추고 집으로 간 것으로 보였다.

경서는 그날 배 교사가 위층에서 초과 근무를 하고 있는 줄 몰랐다. 그런데 이 배달 사건으로 배 교사가 늦게까지 일하고 있는 것을 알았다. '아, 하늘이 날 돕는구나.' 하는 생각이 들었다. 만약 나 혼자 있는데 배달이 세 곳에서나 왔다고 이야기하면 누가 믿겠는가? '교장 선생님이 잘못 생각하신 것이 아닌가?'라고 의심할 수 있는 일인 것을 그런데 그다음 날 배 교사가 이 이상한 일이 있었음을 몇 사람에게 알린 것이었다. 아마 경서가 혼자 근무하다 이런 일이 있었다고 말하면 상황을 모르는 사람들은 교장을 의심하는 이가 생기지 않았을까. 이 일을 시킨 사람은 누구일까?

이 처럼 말도 안 되는 장의석의 치졸한 행위는 이것으로 끝나지 않았다. 글씨체를 알아보지 못하도록 왼손으로 휘갈겨 쓴 이상한 욕설과 협박의 편지를 행정실에 슬쩍 가져다 놓기도 했다.

그러나 새로 선출된 학교 운영위원장의 올바른 협조가 학교운영위원회를 흔들림 없이 움직이게 한 것은 다행스러운 일이었다.

# 전교조

경서는 성실히 일하는 교사에게 힘이 되는 교장이고 싶었다. 드러내지 않고 성실히 수업하고 학생지도를 하는 교사를 알아보고자 학교순회도 더 자주 했다. 그래서 머리 좋으면서 게으른 리더십을 발휘하는 교장이 될 수는 없었다. 경서는 자신이 가진 한계로 뜻만큼 이루지는 못했지만, 자신의 결핍을 자녀에게는 물려주고 싶어 하지 않는 부모처럼 전 시대의 문제가 다음 시대에서는 개선되어 가기를 바랐고 그 '실천'에 나름대로 애썼다.

학교 현장은 변화하는 가치가 어우러져 자신들이 변화를 이끄는 주체라고 생각하는 전교조 활동이 점점 확장되어갔다. 그들의 활동은 시간이 갈수록 옛날 기득권보다 더 큰 힘의 조직이라는 것을 과시했다. 옛 속담에 '여우 피하려다 호랑이 만난다.'는 말 그대로였다. 몇몇의 성실하고 순수한 교사가 전교조 우산에 들어가기만 하면, 합리성이 없어지고 전교조 윗선의 지령에 의해 움직이는 '아바타'가 되어버렸다. 그 중 일부는 학교 교육에는 관심이 없고 관리자와의 투쟁이 교직에 있는 목적이 되었다. 또 다른 일부는 정치꾼들의 정치 이념의 하수인이 되어갔다.

교육감이 선출직으로 변했다. 정치꾼들의 마약 같은 입발림이 교육계를 흔들었다. 국회의원을 뽑고, 지지하는 당을 뽑는 국민투표 용지에 '교육감 후보' 이름이 활자로 새겨졌다. 그것도 정당 소속으로 말이다. 하다하다 이 나라는 교육계까지 권력의 창을 뽑아 들었다. 교육감도 정치인 행세를 하는 세상이 왔다. B도 교육청과 S특별시 교육감 등은 나라를 또다시 두 동강 내는 이념 전쟁의 불씨의 중심이 되었다.

경서가 근무하는 도교육청에는 8도에 있는 우리나라 국립대, 사립대, 교육대학 등 전국에 포진한 대학을 졸업한 교사들이 모여 있어 더 야단법석이었다. 자신의 이해득실에 따라 시시비비를 따지고, 교장과 동등해야 한다는 자세를 취했다. 결재하러 교장실에 와서도 교장 책상 앞에 서면 안 되고, 교장과 나란히 옆자리에서 결재판을 내밀거나 교장실에 비치된 손님용 소파에 앉아서 결재를 받았다.

교내에서는 일부 A향우회와 손을 잡은 전교조가 자신들의 주장이 가장 옳은 듯이 떠들었다. 하지만, 가만히 생각해 보면 학교가 많이 안정되어 가고 교육과정 운영도 만족할만하지는 않았지만, 프로그램이 좀 더 다양화되어 가는 것은 이념과 신념이란 이상한 지령에 흔들리지 않는 일반교사들 덕분이었다.

특히 교사들의 시작종과 끝나는 종소리를 지키는 교사문화가 서서히 정착되어 갔다. 시작종에 바로 입실하는 문화가 자리 잡는 데는 58세의 고운심 선생의 공이 컸다. 대부분의 교사들이 삼 분 혹은 늦어도 오 분이 지난 후에나 입실하는데, 이 학교에 처음 왔을 당시 시종이 울리고 서른여덟 개 학급 중에 약 절반의 학급은 7, 8분 만에 입실하는 교사들이었다.

가만히 두고 보니 점점 더 늦게 입실하는 분위기가 되어가기에 바꾸려 노력했는데 고운심 선생이 항상 종 치기 2분 전에 교실을 향했다. 고운심 선생과 같은 교무실에 있는 교사들도 입실이 점점 빨라졌다. 선배 교사가 철저하게 지키니까 후배 교사들도 자연히 따라갈 수밖에 없는 분위기가 만들어졌다. 그리고 다른 교무실로도 확산되어 갔다. 교장의 순회나 잔소리가 아니라 선배 교사의 솔선수범이 좋은 학교 문화를 만든 것이다.

그러나 전교조 대표 주은수 교사를 추종하고 암암리에 레닌주의에 사로잡혀있는 진지아 같은 교사들은 고운심 선생을 '꼰대'라며 시종 지키는 문화를 매우 불편해 했다. 그래서 경서가 순회를 시작해 후관 교무실로 들어서면 커피잔을 들고 슬금슬금 일어나는 교사도 있고, 커피를 들고 가다 복도에서 마주치는 일도 허다했다. 그런데 고운심 선생 덕분에 학교가 바뀌어 간 것이다.

이렇게 학교가 변해가는 가는 중에 세상도 바뀌어 전교조 대장, 뒤에서 조직을 꾸리는 재능이 남달리 뛰어난 사람이 경기도 교육감으로 올라섰다. '점심 공짜밥' 주는 것을 공약으로 도시락 싸기 힘든 엄마들의 마음을 얻었다. 그러자 학교에서는 더욱 그들의 세력이 커졌고, 교육청에도 그를 추종하는 사람들이 자리를 잡았다.

그는 교육감이 되자마자 교사를 '북한'으로 '현지교육탐방'을 보내기에 이르렀다. S중학교에서는 복정은 교사가 1순위로 이름이 찍혀 내려왔다. 전교조의 상위자리에 있는 복정은 교사도 학교의 수월성 교육이나 프로그램 운영에는 무엇이든지 반대에 앞장섰고, 공모를 통해 예산을 받아와 시행하려는 특별활동도 수월성 교육이 된다고 무조건 반대하는 입장이었다. 진지아 밑에서 교무과 일을 했는데 지금에 와서 생각하면 인종수 교육장 아래에 놓여, 보수로 포장한 촛불 시위대의 또 다른 얼굴이 아니었을까하는 생각이 든다.

북한 출장은 처음부터 이해가 되지 않았다. 나라의 허락도 없이 일반 교사들을 공문으로 출장을 보낸다는 것이 이상했다. 사실은 그때, 경서는 그 공문을 고발하고 싶었다. 그러나 고발 문화에 익숙하지 않았고, 상위 기관의 공문에 의해 순순히 교사 출장을 허락해야 하는 것으로 알고 조용히 있었다.

복정은 교사는 북한으로 출장을 갔다. 전교조 교사는 민주화운동이란 너울을 쓴 남한 안에 있는 북한 추종자들이었다. 북한에 다녀온 복정은 교사에게 물었다.

"북한 교육제도에서 우리가 본받을 만한 게 무엇이 있던가요?"

"특별활동 교육이 뛰어났어요."

"그래요? 어떻게 운영하기에 복 선생이 본받을 만하다고 생각하게 된 거죠?"

"아이가 3세가 되면 재능에 따라 분류하고 그 분야만을 특별하게 훈련하고 교육시켜요. 나중엔 그 분야에서 완전히 기계보다 더 정확한 기능을 갖게 되어요, 분야 분야별 어린아이들이 모두 너무 잘해요."

"복 선생, 그렇다면, 어린이들의 하기 싫다, 좋다는 의지와는 상관없이 분야별 교육이 되는 것이네요?"

"네, 싫어져서 따라가지 못하면 낙오되는 것 같습니다. 물어보지는 못하였지만 그렇게 보였어요."

경서는 속으로 '교육이 아니라 훈련이네. 아이를 기계화하는 것인데 어찌 복정은 교사는 그것을 훌륭한 교육제도라고 할까?' 생각했다. 순간, 정규 교육과정 외에 학교에서 하는 프로그램을 모두 수월성 교육이라고 반대하는 복정은 교사에게 다시 물었다.

"아이쿠! 복 선생님 좋은 것 보고 오셨네. 그럼 우리 학교도 특별활동, 동아리 활동을 아침과 오후 프로그램을 짜서 운영해야겠어요. 그렇지요?"

그러자 복정은 교사는 머뭇거리며 대답이 없었다.

전교조들은 북한에서 하는 것은 무엇을 해도 훌륭한 제도이고, 우리가 하면 가진 자들에게 더 많이 주는 수월성 교육이라 했다. 북쪽도 평양에 있는 선택된 아이들만의 혜택일 텐데 답답한 마음이 들었다.

맞벌이 가정의 어려운 아이들을 위해 시간 수당을 주면서 아침저녁 특별활동과 동아리활동을 편성하고 학생과 함께 해주십사 해도 수월성 교육이어서 평등교육에 어긋나기 때문에 동참할 수 없다고 했다. 북한에서 상위 계급의 자녀들만 모아 유년기부터 반복된 훈련을 통해 기계와 같이 만들어지는 것을 자랑스러운 표정으로 북한교육 활동의 우수사례로 설명했다. 복정은 교사에게 어떤 방법이 교육적인가에 대한 설명은 필요 없을 것 같았다. 그냥 아침저녁 학교 교육프로그램이라도 반대하지 않게 하려고 북한의 교육이 그렇게 이루어지는 것이 우수하다고 생각한다면 우리도 아침저녁 프로그램을 운영하도록 하자고 한 말이었다. '북한에 다녀온 복정은 선생은 아이들에서 무엇을 주입 시키고 있을까? 다른 사람들이 보고 듣고 하지 않는 곳에서 북한 체제에 대한 우수성을 이야기하지 않을까?'

그러나 학교도 각 교육청도 모두 전교조의 세력이 장악했고, 최고 원수는 배 터져 죽을 지경이고 평양 이외의 시민들은 굶어 죽는 일이 일어나는 나라임에도 선전선동에는 최고, 무엇이 잘 된 것인지 이해가 안 되는데도 그 힘은 자연스럽게 민주화 우리민족끼리를 강조하며 세를 넓히고 있었다. 대신에 그들의 뜻과 다른 일반적인 상식과 보편적인 생각을 말하면 '꼰대'라 딱지를 붙였다. 그들과 뜻이 같으면 몰상식적인 일을 하더라도 모두 옳았다. 그리고 그들에게는 이유 불문 충성해야 했다.


그러나 여전히 전교조 교사들은 떼거리로 뭉치기도 하고 각개전투로 뒤편에서 여론을 만들어 가며 힘을 과시했다. 그 세력에는 지연, 학연이 큰 역할을 했다. 그러자 권력의 힘에 굴종하는 사람들이 늘어났다. 그렇지 않은 일반교사는 그들이 끼워주지도 않았다. 자기들끼리 쑥덕거리는 것으로 더 힘을 만들어 갔다. 마음이 여린 교사들은 계속 넣어주지 않는 대화 속에 궁금증을 가지기도 하고 소속감 없는 외로움 때문에 그 조직에 끌려들어 가기도 했다.

이런 교사의 변화하는 가치 기준이 또 교육현장의 책무성에 관한 논의가 뒤따라오게 되었다. 드디어 학교평가가 도입되었다. 교사가 교장과 교감 관리자에게 받았던 근무평가를 교사는 학생, 관리자, 동료 교사에게서 평가받아야 했고, 교장, 교감도 교사와 학부모들에게 평가를 받았다. 뿐만 아니라 교육과정 전반에 걸쳐 학부모와 교사와 학생들로부터 평가를 받는 지금까지 없었던 혁신적인 제도가 도입되었고, 평가가 시행되는 해였다. 전교조는 반대를 해도 나라전체가 시행하는 제도였다. 그럼에도 불구하고, 교장을 표적 삼아 괴롭히기 시작했다.

학교평가기준을 연수하는 시간이었다. 연수 참석 방송이 나갔지만, 여전히 교무실에 있는 일부 전교조 교사들은 참석할 생각을 하지 않고 있었다. 교감은 그 교사들이 모두 연수에 참석하도록 움직여야 함에도 회의장 앞에서 마이크만 잡고 있었다. 하는 수 없이 경서는 별관과 본관 전체를 소리 없이 순회해 교사들을 연수 장소로 모이게 했다.

전교조 교사의 계속되는 반대 여론을 잠재우고 변화하는 제도에 긍정적 참여가 교육 발전을 돕는다는 설득을 해야 하는데, 아무런 대책도 없이 연수를 시작했다. 교무가 평가 일정과 평가 기준 등을 상세히 설명하자, 여기저기서 웅성거리기 시작했다. 동료 교사가 서로를 평가하는 것도 학부모가 평가하는 것도 받아들이기 벅찬 내용이었다. 그러나 전달 연수는 계속되었다. 전달 연수가 끝나자 질문 시간이 주어졌다. 그러자 후관에서 어슬렁거리다 늦게 들어와 뒤편에 앉아있던 전교조 지부장 주은수 교사가 나와 장광설을 늘어놓았다.

"반대합시다. 우리 학교라도 학교평가에 참여하지 말아야 합니다. 교사의 사랑을 어떻게 숫자로 표시합니까? 여러분 함께 일어나 우리 학교는 평가를 받지 않도록 합시다."

이렇듯 교사가 학교평가에 협조하지 말자고 선동질하는데도 교감은 아무 말을 못하고 있었다. 그리고 연수 마지막에 마이크를 잡고 "선생님들, 저 잘 좀 평가해주세요."라며 비굴한 웃음을 띠었다. 결국 교감은 선동질하는 주은수 교사에 대한 아무런 조치는 하지 않고 자신의 평가만 부탁하는 비굴함만 보였다.

"더 이상 질문이 없으면, 교장 선생님 말씀이 있겠습니다."

교감은 경서에게 마이크를 넘겼다. 그러자 또다시 주은수 교사가 삐죽삐죽 강단으로 나와 할 말이 더 있다면서 마이크를 가져갔다. 그리고 여전히 "사랑을 어떻게 숫자로 평가할 수 있습니까?"라고 선동했다. 일부 교사들이 수긍하는 자세로 고개를 끄덕이자 더 큰 소리로 말했다.

"엄마, 아빠의 사랑을 숫자로 평가할 수 있습니까?"

주은수 교사는 고개를 끄덕이는 교사의 숫자가 더 많아지는 것 같으니, 팔까지 높이 올려 흔들어 가면서 큰소리로 외쳤다.

"여러 선생님, 우리 학교만이라도 학교평가에 참여하지 않는 방안을 강구해 봅시다."

자신의 평가만 잘해 달라고 하며, 구석에 가만히 앉아있는 교감이 눈에 들어왔다. 경서는 속으로 '저런 사람이 교감을 한다고?' 우리나라 최고 대학을 나왔다고 되지도 않는 폼을 잡고 있는 것이 역겹고 울화가 치밀었다. 주은수 교사의 자신만만한 선동이 끝나갈 때쯤 경서가 마이크를 달라 했다.

"나도 잠시 이야기합시다."

마이크를 건너 받자 자신도 모르게 큰소리가 나왔다.

"평가를 받는다는 것은 교장도 싫습니다. 누구나 평가를 받는 것은 어렵고 피하고 싶은 것이 정상이라고 생각합니다. 그것도 사이 좋은 동료들도 평가대상이 된다는 것은 더 부담이 됩니다. 그러나 선생님들, 열심히 일하신 것, 있는 대로 평가받는 것도 나쁘지 않잖습니까? 선생님을 관리자 혼자 평가하면 관리자 마음에 든 사람에게만 좋은 평가를 할 수도 있습니다. 그렇다면 동료평가, 학생평가, 학부모평가 등 다면평가를 받는 경우 객관적이고, 더 바른 평가가 되지 않을까요? 성실히 자기의 일을 하는 사람은 평가에 대해 이렇게 역반응을 할 필요가 없다고 생각합니다. 또 주은수 선생이 말하는 '사랑을 어떻게 평가하느냐?'는 것도 일리 있는 말씀이지만, 저는 학교 학생 사랑은 교사의 마음을 구체적인 숫자로 평가할 수 있다고 생각합니다."

모두 눈을 동그랗게 뜨고 '어떻게 사랑을 숫자로 나타내요?' 하는 표정으로 듣고 있었다.

"학생을 사랑하는 교사의 마음을 숫자로 구체적으로 평가할 수 있는 것은 평가 기준을 정확하게 하면 됩니다."

"사랑의 평가 기준이 뭔데요?"

올해 처음, 발령받은 신임교사가 물었다.

"사랑의 평가 기준은 여러분이 학생 하나하나를 향한 실천력입니다. 하나의 예를 들자면 수업시작 종이 울렸습니다. 학생들이 볼 때. 수업에 제시간에 잘 들어오시는 분과 5분 후에 들어가시는 분의 사랑은 어느 것이 더 숫자가 높을까요?

학생이 청소 검사를 받으러 갔는데 자기 일을 하느라 나중에 가본다 하고, 청소 검사를 하지 않고 보내는 교사와 학생과 같이 움직여주는 교사 중 누가 교육에 대한 사랑이 있을까요? 학생에게 구체적으로 실천할 줄 아는 선생님이 더 사랑이 크다고 보이는데요. 여러 선생님들 정말 교사가 학생을 사랑하는 마음을 평가할 수 없을까요? 마음이란 놈도 구체적 실천이 있을 때 사랑입니다."

교사들이 숙연해졌다.

"선생님들 하나만 더 말씀드리겠습니다. 우리 교감 선생님께서 여러분께 교감 평가를 잘 달라고 부탁 말씀하셨는데 동료평가 기준도 애매모호하고 혼란스러울 것입니다. 손가락에 아주 작은 가시가 있어도 순간순간 아픈 통증이 옵니다. 그러나 건강할 때는 손가락이 제 역할을 아무리 잘해도 존재 가치를 모릅니다.

우리의 평가도 그렇습니다. 동료나 학교 평가에 있어서도 큰일 없이 학생이 건강하고 수업이 잘 진행되고 있다면 평균은 되는 것으로 여겨집니다. 자신에게도 동료에게도 지나치게 엄격한 잣대는 훌륭한 평가 기준은 아닌 것 같습니다. 우리 학교는 지금 많이 깨끗해졌고, 안정되어 가고 있습니다. 뭐 아직 지각생과 결석생이 있고 복장이 단정하지 않는 면은 있지만, 과거보다는 조금 나아진 것 같습니다. 열심히 한 여러분이 왜 평가를 겁내야 하는지 모르겠습니다. 자신감 있게 평가받고 수정하고 발전시켜 교사의 출발점으로 생각하시기 바랍니다."

경서는 선생님들이 동의한다는 뜻의 큰 박수로 회의를 마칠 수 있었다. 반대하고 교장이 일을 할 수 없도록 별관에서 학교평가 반대 대자

보를 만들고 앞에 나와 장광설을 늘어놓는 사람보다 교감이 더 문제란 것을 알게 해주었다. 전교조보다 교감을 보내야 학교가 바뀔 수 있겠다는 생각이 들었다.

학교 평가도 뒤집지 못하고 교장에게 끌려오는 전교조 지도부는 그 뒤, 교장에게 협조적인 교사들에게 협박에 가까운 일을 벌였다. 전교조가 일반교사들을 힘들게 하지 않아도 '교장'이 편한 존재는 아니다. 교장이 하고자 하는 교육과정에 협조적인 교사라고 느껴지면 자동차가 긁히고, 그 학급에 이상한 폭력 사건이 일어나고, 도난사고가 일어나고, 학부모가 인터넷에 글을 올려 교사를 망가뜨리는 일들이 일어난 것이다. 이러한 일은 전교조 문제 속에 있는 이미진 전 교장과 이원순 교감의 J도 선후배와 단성여사대의 학연 지연의 연고가 뒷받침이 되어 움직이며 권력을 탐하는 세력들이었다.

급식실의 오예진 영양사는 J도 사람임에도 불구하고 학연과 지연에 연관 없이 자신의 일을 열심히 하는 소박하고 진솔한 사람이었다. 그런데 문재금 학생부장이 영양사를 괴롭히기 시작하였다. 학교 급식실이 말없이 잘 돌아가고 자신과 가깝게 지내지 않으니, 학생과에 들락거리는 문제아들에게 급식에 먼지 찌꺼기나 나뭇가지를 넣어 이물질이 나왔다고 하도록 만들어 교장실까지 급식판을 들고 왔다.

급식판을 자세히 들여다보던 경서는 깜짝 놀랐다. 이물질이 음식에 들어가 요리가 된 상태가 아니고, 그냥 얹혀 있었다. 뒤이어 영양사의 위생처리가 나빠서 바꿔야 한다는 학생부장의 말이 들어왔다. 그래서 영양사를 불러 다시 확인하고 경서는 학생부장이 보는 데서 위생처리

철저히 하라고 일러주는 것 정도로 끝냈다. 그 후, 영양사와 상담하면서 조심할 것을 당부했다. 그러나 그들은 그것으로 끝나지 않았다. 영양사의 자동차 타이어를 펑크 냈다. 오예진 영양사는 자신의 주변에서 그런 일이 왜 자꾸 일어나는지에 대해 방향을 잡지 못하는 것 같았다.

무엇이 경서를 그토록 학교 교육과정을 바르게 운영하고자 하는 열정을 가지게 했는지, 미련한 경서는 '교실붕괴'가 일어나지 않도록 학교 분위기를 바르게 잡고자 노력했다. 경서의 힘은 부족했지만 다수의 선량한 교사들과 함께한 노력 덕에 학교가 안정되고, 교육과정도 잘 돌아갔다. 그 거세고 반대를 위한 반대를 하던 전교조들도 드러나게 일어나지는 않았다. 이름이 '홍이우'라는 어느 교장도 해결할 수 없다는 전교조 교사도 매우 합리적으로 아이들을 관리하고 교육했다.

대신 전교조의 일부 교사 뒤에서는 학연 지연을 등에 업고 권력에 빌붙고자 하는 세력들이 교육과정 운영에 방해가 되는 여론을 만들어 학교장 예산인 '업무추진비'를 자신들의 '학급비'로 나누어 달라, 또 결재를 내러 와서는 협박 비슷한 자세로 결재를 위해 책상 앞에 서 있지 않고 어깨 옆에 붙어서 교장 서랍을 감시하는 불편을 주었다. '교장의 업무추진비'를 내놓으라는 의견에 경서는 교장의 쥐꼬리만 한 권한을 나누기로 했다. 학교 예산이 누구의 손으로 사용되어도 학생 교육에 도움이 된다면 빼앗아가 보라고 했다. 그러면서 전교조 그들은 정작 자신들의 업무는 남의 일 보듯이 게으르게 움직였다.

경서는 자신의 '업무추진비'를 학급 학생들을 위해 사용하도록 '학급비'로 편성해주었다. 그랬더니 대부분의 교사들은 교실 환경 정리

118

를 위한 비용으로 사용했는데, 유독 그 쓰임이 이상한 한 학급이 있었다. 우리 학교 전교조 대표 주은수 교사의 사용 출처였다. 주은수는 그 돈으로 전부 '치약'을 구입한 것이었다. 학급비로 치약을 몽땅 산 주은수에게 경서는 무어라 할 말이 없었다. 유치하고 비열한 반항일지라도 '그 많은 치약으로 부정을 담고 사는 더러운 입안을 청결하게 하는데 쓰이면 좋겠다.'는 코미디 같은 생각을 해 보았다.

학교는 점점 짜임새 있게 변해갔다. 성실한 교사들은 얼굴도 자세도 더 자신감 있는 모습으로, 학년 말 시간을 잘 보내게 되어 기쁘다는 말을 전해오기도 했다. 그러나 자기중심적인 교사들은 대충해도 되는 것을 계획한 일정으로 교육 활동을 해야 하는 것이 싫다며, 무엇이나 반대하는 전교조 우산 속으로 들어갔다. 그들은 새로운 변화에 대한 불만이 가득했다. 학연과 지연에 의존하는 일부 무리도 딴생각을 품고, 쉼 없이 학교의 안정화를 헤쳐 놓으려 불만을 여론화하였다.

그들의 노력 못지않게 경서도 보이지 않는 곳에서 무리 지어 자신의 편익을 노리거나, 자신의 권력을 위해 움직이는 교사들을 제자리로 돌아서게 하는데 공을 들였다. 전교조와 보이지 않는 곳에서 힘을 모으는 패거리들이 정말 무엇을 위해 그렇게 힘을 모았을까? 그들은 어디로부터 또 무엇을 위해 경서가 만들어 가는 교육의 안정화를 방해해야 한다는 마음을 품게 되었을까? 인종수 교육장, 이미진 교장, 이승원 교감, 문재금, 진지아, 오무성, 그 외 도이만까지도 합세한 것이다. 옳고 그름은 없었다. 오직 힘이 있는 곳으로 내 달리기 위해 품은 계산일뿐이었다.

윤경아!

부임한 지 두 달 정도 지난 어느 날, 이승원 교감 하는 말이, 전임 이미진 교장이 우리 학교 드럼을 빌려 달라고 전화를 해 왔단다. 빌려가려면 자신의 학교 교감을 보내서 실어가야 하는 것이 맞는데 이승원 교감에게 실어오라고 했다면서 이승원 교감이 학교를 비우고 없었다. 난 기가 막혔다. 드럼을 빌려 가려면 당연히 빌려 가는 학교에서 실어가야 하는데…… . 나한테는 한 마디 의논도 없이 이승원 교감에게 그 드럼을 실어오라고 지시를 내렸고, 교감은 말 한마디 못하고, 현재 교장에게는 허락도 받지 않았다.

전임 교장이 간 학교에 빌려주고 찾아오는 꼴이라니. 이승원 교감의 동아줄은 상대원 골짜기에서 정치하는 세력과 인종수 교육장의 완력에 빌붙은 악어새로 행동하는 사람이란 걸 새삼 확신했다. '하, 참말로 우리 학교 교감은 아직 전임 교장이 지닌 정치 끄나풀 손아귀에서 벗어나지 못하고 있는 게 현실의 이익이구나.' 생각했다.

내가 화를 내기에는 너무 옹졸해 보여서 '그래, 예전에 함께 근무했던 사람에 대한 예의'라 생각하자고 넘겼다. 그러나 이미진 교장의 '오만방자'함은 이에 끝나지 않았다. 어떻게 해야 이승원의 병신 짓을 반복하지 않게 할 수 있을까? 생각하면 함께 떠오르는 사람들이 오무성 교사와 문재금 학생부장과 전임 교장 이미진 하고는 서로 음성적인 거래가 있는 것으로 추측이 되어졌다.

그들은 나한테는 각각 서로에 대한 끝없는 험담과 욕을 하면서 서로가 협력하는 것은 왜 그럴까? 무슨 관계일까?

인종수 교육장이야 입신출세를 위해 혹은 정치적 뜻이 있을 수도 있다손 치지만, 이미진 교장이 인종수 교육장과는 교장의 관계 정도로만 알고 있었다. 그러나 많은 시간이 흐른 후에 보니 생각보다 훨씬 깊이 서로 뜻과 필요를 주고받았고, 나를 궁지로 몰고 간 중심인물들이란 것을 알게 되었다.

이들은 물고기 잡을 때 투망으로 물고기를 몰고 가는 듯이 나를 사건 속으로 몰아갔다. 그럼에도 세상에 아둔한 나는 정치적인 움직임과 그들의 편익을 위해 무리 지어 도모하는 계획을 모르고, 교사들 틈에서 바르게 하고 공평하게 학교를 이끌어 나가면 될 것으로 믿었다. 어리석게도. 다 내 맘 같은 줄 알고…….

# 전교조 주은수

　변함없이 전교조 대표 주은수는 출근 시간인 8시 50분을 지나야 겨우 나타났다. 주은수가 8시 50분에 겨우 맞추어 출근한 날은 아주 양호한 날이다. 수업시간에도 제 시각에 들어가는 일이 없다. 청소 검사나 학생과 함께 해야 할 활동을 할 때에도 자기의 일에만 몰두하는 방임자이며 무관심한 교사였다. 하지만 자신의 허물은 아랑곳하지 않았다. 오로지 관리자 위에 군림하는 몸짓으로 평등을 이루어 낸 영웅인 양, 혹은 잘못된 관리자를 응징하는 정의의 사도처럼 행세하고자 했다.

　주은수는 세상에 존재하는 단어 중에서 가장 진실하고 아름다운 단어만 찾아 최상의 이상으로 포장한 이론으로 자신의 행동과는 가당치도 않은 말로 나팔을 불어 댔다. 가식으로 포장한 주은수는 많은 성실하고 순수한 전교조 교사들을 속였다. 그러면서 주은수는 정말 올바르게 교직이 바뀌어 가기를 바라는 깨끗한 마음으로 다달이 내는 전교조 교사 회비로 편안한 교직 생활을 영위했다.

　"교감 선생님, 주은수 선생 근무에 관해 상담하셔야겠습니다."

　"교장 선생님, 어제도 주은수 선생님이랑 잠시 이야기를 나누었습니다만, 출근을 조금이라도 앞당길 생각이 없었습니다."

"그래요? 왜 그렇게 주장하시는지요?"

"'학교 시작 전 아침 시간은 학부모 책임 아닙니까?' 해서 '그렇긴 하지만, 교사이니까 조금 관심을 가지고 돌볼 수 있잖습니까?'라는 말을 전하는 것 외에 출근 시간을 앞당겨 달라고는 말하지 못했습니다."

"그렇다면 교감 선생님, 저렇게 일찍 와서 교실에서 중구난방으로 떠들고 있는 많은 학생들을 어떤 방법으로 지도하고 보살펴야 할까요? 방안을 생각해 보셨습니까?"

"교장 선생님, 학생부장이 좀 일찍 나오십니다."

"교감 선생님, 학생부장은 순회도 하고 문제 학생들을 살피고 있으시지만, 38개 반 전체 교실을 같은 시간에 지도가 벅찰 뿐만 아니라, 담임이 갖는 생활지도 부분이 더 크지 않습니까? 그리고 규율로 정해진 시간 안에 학생의 활동과 자율시간의 행동들이 다르니 그 관찰은 담임교사가 할 몫인데, 참말로 무슨 생각으로 교사가 되었는지. 교감 선생님, 선생님들과 의논해서 아침 생활지도에 관련한 방법을 찾아보셨으면 합니다. 방안을 강구해 주세요."

"네, 오늘 오후에 부장 간담회를 열어 의논해 보겠습니다."

"교감 선생님, 좋은 생각이 있으면 프로그램화해서 교육과정에 넣어 보도록 하세요."


주은수는 부부 교사이다. 주은수는 근본적으로 매우 이기적이고 불성실하며, 음이 강한 사람임에도 자신의 게으름과 무성의를 욕심 없는 선량함으로 가장하며 젊은 시절을 보냈다. 자신의 업무에 대한 노력이라도 성실했으면 좋으련만 학생 지도나 학교 문서 잡무도 남보다 잘한 것이 없고 잘 하고자 하지도 않았다. 부부 교사이니 사는 것이 풍족하여 어떤 것에도 노력해야 얻어진다는 절실함이 적었고, 무엇이든지 대충하고 지나갔다. 단, 좋은 말과 선동하는 일에 부채질하며 교사들에게 인기와 좋은 사람이란 평가를 받으려 욕심을 감추고 있었다.

그런 주은수가 나이를 먹고 교직경력이 쌓이니 윗자리를 점하고 싶은 욕망이 생겼다. 승진하기 위해 잠시 기웃거렸다. 주은수가 밀고 들어가기에는 상당히 촘촘하고 잘 짜인 교직현장이었다. 세상이 그리 녹록하지가 않았다. 때마침 이상적인 말로 교사들의 감성에 호소하는 전교조의 여론이 확산되었다. 이는 1975년에서 1980년대로 접어들어서면서 혁신을 해야 할 교직에 아무런 변화 없이 편하게 머무르는 시기였다. 기득권 행사가 심한 선배 교직자에 대한 불만과 새로운 세대가 넘어 들어갈 수 없는 제도가 주는 불공정에 대한, 젊은 교사들의 생각이 모여 시작된 활동이 강성해지기 시작했다.

그러나 전교조 조직에서는 세를 넓혀야 하는 시급함과 교직을 바르게 혁신하기보다는 세력을 넓히고 힘을 키우는데 중점을 두었으므로, 가입자가 많아야 했다. 얌전하게 가만히 맡은 일을 성실히 잘하는 이보다는 주은수처럼 이기적이며 게으르나 얕은 자기 생각을 이상적인 단어로 포장해 외치기를 잘하는 선동적인 성품이 필요했다.

전교조 활동이 주은수에게는 아주 잘 맞아 떨어졌다. 그는 전교조 우산 속에 들어가자마자 전교조 지부장이란 자리를 꿰찰 수 있었다. 유능해서라기보다는 깊이 없이 선동질 잘하는 성질과 남자 교사란 역할이 더 힘을 실어주었다.

전교조 지부장이란 자리는 참으로 주은수에게 모자람 없이 딱 어울렸다. 교육 철학과 학생에 대한 소명의식이나 올바른 실천력이 없어도 그만이다. 아니, 없을수록 최상의 조건을 갖춘 셈이다. 오직, 조직의 지령에 무조건 찬성하며, 그 지령이 자신의 생각인 것으로 완전히 착각하고 이상적인 단어로 내재화하여, 앞장서서 외치기만 하면 되었다. 혹은 옳고 그름을 떠나 자신들의 조직에 찬성하지 않고 눈에서 벗어난 관리자가 있으면 지령에 의해 매일 찾아가 괴롭혀 주는 역할을 잘하면 그들 조직의 영웅으로 추앙받았다.

이들은 아이들 교육에 대한 자신의 노동이나 봉사는 최소화했다. 대신 관리자의 잘못을 지적질하는 것을 혁신의 최우선 사업으로 진행했다. 그리고 관리자를 몰아세우면 70~80년 시대의 교장들의 횡포에 대한 새로운 지도력을 요구하는 것이라 생각했다. 자신들의 부족을 살피지 않고 과거의 잘못을 지적질하고, 큰소리로 혼내는 것을 정의로운 것이라 포장했다.

결국은 많은 다수의 성실한 교사들이 젊어서부터 꾸준히 노력해 온 가치를 조금도 인정하지 않고, 무시하는 행동들이 더 앞서게 되고 힘으로 자신들의 무책임을 무마했다. 나태하게 교직에 있었기에 자신의 시간과 노력의 투자 없이, 지난 시간을 열심히 자기 관리를 해 온 교사들의 노력을 인정하지 않고 똑같이 나누어 먹자는 마음이 바탕에 깔려 있는 도적놈이 되어 갔다. 무엇보다도 자신들은 올바르게 실천하지 않아도, 자신들의 잘못은 용서가 되고, 과거의 선배들이 잘한 것도, 잘못한 것도, 모두 적폐의 대상으로 몰아버렸다. 그래서 그들은 조직의 완장을 차고 관리자를 응징하러 다니며 정의의 사도라고 거들먹거려 조롱 섞인 비웃음을 짓게 했다.

그러나 전교조, 초기 시작점은 교직의 비리를 척결하고자 했기 때문에 많은 일반 교사들은 비리나 큰 잘못이 없는 관리자에게도 힘을 실어주지 않았다. 침묵할 뿐이었다. 왜냐하면 전교조라는 조직에 반대 의견을 내면 무조건 무시하고, 따돌림의 대상이 되었다. 영리한 교사들이 문제에 휩쓸리지 않고 조용한 변화의 힘이 되고자 하였기 때문이다. 이러한 사회적 분위기를 업고 기세등등하게 세를 넓히고 또 다른 세상의 권력이 되고자 하는 그들을 냉철하게 바라보지 못했다.

그나마 말도 안 되는 여론몰이를 하는 이들에게 휘둘리지 않는 조용하며 성실한 교사들은 진짜 세상의 변화를 일으키는 공로자들이었다. 그러나 이러한 사람들은 세력화하지 않을 경우, 힘이 없어 전교조 조직의 눈에 조금만 벗어나도 공격의 대상이 되었다.

하지만, 전교조나 주은수가 말하는 평등은 평등이 아니고, 평균화였다. 노력하는 자에게 주는 것보다 조직에 합세하고 아부하는 사람들에게 주는 것이 옳다고 했다. 일반적으로 개인이 무능하면서 권력욕이 많은 사람들은 평등과 평균을 구체적으로 나누어 생각하지 않는다, 가진 자보다 가지지 못한 자가 많은 것이 세상의 이치니 가지지 못한 것을 나누어야 한다는 말에 귀가 솔깃할 수밖에 없다.

무능하더라도 조직에 붙어 완장 하나만 얻으면 평균이든 평등이든

내 노력이 없이도 나누어진다는 쪽으로 침묵의 힘이 실려 가기 마련이었다. 그러나 주은수는 전교조 조직에서만큼은 학교 교육을 위한 정의의 사도였다. 정의라는 이름 뒤에 가려진 진실은 타인의 피나는 긴 세월의 노력을 폄하하고, 자신이 한 최소의 노력을 최대화하고자 하는 외침에 불과한 조직을 등에 업고 정의의 사도가 된 것이다. 이런 주은수를 보면 조지 오웰의 『동물농장』이 자꾸 떠올랐다.

― 모든 동물은 평등하다.

인간의 속박에서 벗어나 혁명을 이루고, 이상 사회를 건설한 동물 공동체가 변질되어 가는 모습을 통해 구소련의 역사를 재현하며, 스탈린 독재 체제를 강도 높게 비판한다. 여러 등장인물 중 인간 주인인 존즈는 러시아 황제 니콜라스 2세를, 혁명을 호소하는 늙은 메이저는 마르크스를, 독재자 나폴레옹은 스탈린을, 나폴레옹에게 축출당하는 스노볼은 트로츠키를 상징한다.

이야기 속에 등장하는 '동물학살'과 '외양간 전투' 역시 각기 스탈린 시대의 대숙청과 연합군 침공 등으로 연결된다. 혁명이 성공한 후에 어떻게 변질되고, 권력을 잡은 지도자들이 어떻게 국민을 속이고 핍박하는지를 면밀히 그린 우화를 가볍지 않게 읽었던 기억이 생생하다.

# 패거리

인종수 교육장은 S사대 국어교육과를 졸업했다. B도 교직계에서는 스스로를 인재라고 생각하는 사람이었다. 또 우리나라의 학벌 중심 사회에서 그는 인재였고, 그래서 남들보다 인정받고 빠르게 승진한 교육장 중의 한 사람이다. 수적으로 많이 분포되어 있는 B도 교육청의 3대 산맥은 S대 출신, G사대 출신, I교대 출신과 K교대라 할 수 있었다.

그리고 8개 도청소재지에 자리 잡고 있는 국립대 출신과 사립사대, 시립대, 방송통신대 출신까지 뒤섞여 힘을 향하여 돌진하는 곳이 B도 교육청이었다.

그러니 학연의 힘으로 자리 잡고 있는 G사대 출신과 I교대 출신의 무리들이 소수 S대 출신의 그를 씹어대는 것은 벗어날 수 없었다. S대 출신은 숫자로 열세였으나, 적은 숫자에도 불구하고 학벌 중심 사고와 어려서 성실히 공부해 S대에 간 덕분에 그래도 다른 교원들보다 빠른 시간에 인정 받고 교육장이란 자리를 잡아챘다.

하지만 현실은 숫자가 많은 무리의 힘을 무시할 수 없었다. 특히 B도 교육청은 서울 지역, 각 대학의 사립사대, 팔도의 국립대와 교대, 심지어 방송통신대까지 전국 대학이 총집합하여 힘겨루기를 했다. 교육계에 복잡한 패거리 싸움이 더 짙어진 것은 교육감 선출직 이후였다. 어떤 '동아줄'을 잡느냐? 어느 출신학교와 어느 출신학교가 연대하느냐? 그들은 더 높은 자리, 혹은 더 높은 뜻을 펴기 위해 반 정치인이 되어갔다. 그리고 정치적으로 자신을 높은 곳으로 이끌 힘을 찾아다녔다.

그 과정에서 학연과 지연을 매개로 선후배가 밀고 당기고 뭉치고 흩어지고 배신하고 충성하고 난리굿판을 벌였다. 학교 교육을 위해 지원하는 연구학교의 예산도 근원적인 교육개선을 위해 사용하는 것보다 현시적이고 일회성으로 보여주기 식으로 끝났다. 근원적인 문제를 잡거나, 일시적인 효과가 적으면 탈락이었다. 이를테면, 전시행정 쪽으로 발전해 갔다.

교육장이나 리더들이 자신이 있는 시간 안에 뭔가를 만들어 내야 하는 행정체계 탓도 있었다. 인종수 교육장도 그 시대의 흐름을 타고 O시 P신문사의 후원을 얻게 된 것이다. P신문사 사장이 같은 인 씨로 힘의 연결고리가 되었다. 그래서 인종수 교육장은 근무지인 S시의 국회의원, 도의원, 시의원이 연결되어 이곳으로 왔고, 전교조 대부 교육감의 보이지 않는 힘이 되어주고 있었다.

외부로는 절대 보수의 얼굴을 했으나, 세월호 학생들이 수학여행으로 배를 타기 전날 '사표수리'를 한 선출직 B도 교육감과 C교육장의 '동향이자 후배'로서 근본적으로는 '촛불시위'의 근원이 되어준 것도 있었다. 이승원 교감도 바로 그의 후배로 돈도 있고, 고향이 같았다. 진지아는 저 아래 지역 M도 교육청에서 전교조 해직교사로 5년을 쉬었다가 복직되어 '먹고 마시는 것은 미국식'에 절어 있으면서 반미주의자였다. 인종수 교육장, 이승원, 진지아는 같은 뜻을 품고 복정은 교사를 교무과 차석으로 앉혔다. 이미진 교장의 업무조직도 한 몫을 했다.

이미진 교장은 남편이 E시의 유명한 국회의원 유홍덕과 막역한 사이였다. 그래서 이곳의 국회의원과도 일면식이 있고 도의원과 시의원과도 연결이 되었다. 젊어서 교사 시절에 시댁이 영주인 것만 말했고 한 번도 자신이 J시 사람이라고 말하지 않았다.

항상 옳은 소리하는 야당의 입장이거나 속을 내보이지 않고 조용히 자신을 감추었다. 그래서 경서는 이미진이 A향우회의 골수라고 생각하지 않았다. 그런데 이미진 교장은 상대원에 자리 잡고 있는 J시와 연계하여 향우회에 깊이 관여하는 S시의 금도자 도의원과 인종수 교육장과 함께 하고 있었다.

오무성 체육부장은 다혈질이다. 누군가 부추기기만 하면 그 충동질에 꼭두각시가 되었다. D시 위에 있는 K시에서 올라온 오무성은 고향 K시의 대표적인 정치 인물인 경제부총리 채성환과 동향으로 말끝마다 자신의 측근임을 내보였다. 그 정치인이 오무성과 얼마나 친근한지는 모른다. 그러나 채성환도 S시의 상대원에 있는 금도자 B도 도의원, 금도자의 아들 시의원들과 연결되어 있었다.

이 모든 정치의 끈은 S시 금도자 도의원으로 연결되었다. 상대원에 건물이 있는 금도자 도의원은 우유 대리점으로 시작했고, 그 아들 시의원은 문구점을 운영했다. S중학교에 사무용품을 긴 세월 계속 거래해 온 곳이다. 이곳에는 불우이웃 저금통 모으기와 빈민국가 해외지원 기부금까지 담당하고 있기도 했다.

금도자 도의원은 70년대 초, 중학교 교사를 그만 두고 D우유대리점을 시작했다. 그 당시 우리나라 아이들의 성장이 선진국에 비해 매우 저조하다는 여론을 일으켰고, 각 초중고등학교에 의무적으로 우유를 넣은 장본인이다. 금도자 도의원은 우유로 번 돈으로 S시의 상대원 구석에 개발의 정보를 가지고 땅을 사고 건물을 지었다. 또 시의원을 거쳐 도의원까지 하면서 여성 정치인으로 활동했다.

금도자 도의원은 도서관운영위원으로 자신의 구역 시민 사이에서는 힘을 휘둘렀다. 그 금도자 도의원은 J시 사람으로 S시가 위성도시로 들어올 때 정착한 사람이었다.

오무성 체육부장은 금도자 B도 도의원의 고향 후배와 결혼을 했다. 오무성의 부인은 S시 도서관 학부모위원으로 활동하며 금도자 도의원의 오른팔 노릇을 했다. 오무성은 말끝마다 부인의 자랑을 늘어놓기 일쑤였다.

경서는 상대원 금도자 도의원의 사무실에 간 적이 있었다. 그 건물에 학교 거래 문구점이 있고 기부금을 맡아 처리하는 사무실이 있다는 것을 눈치로 알게 되었다. 문재금 학생부장이 아이들 돼지 저금통을 모으는 일에 항상 적극적으로 앞장섰다.

내려온 공문에 의해 하는 일이기는 했지만, 학생부장의 보통 하는 행동으로 보면 '왜 이런 일을 하느냐?' 불평을 할 사람인데 그렇지 않고 항상 앞장서서 수집해 보낸 그 돼지 저금통이 상대원 금도자 도의원의 사무실에 있었다. 그곳에는 '아이들의 코 묻은 손으로 모은 돼지 저금통이 쌓여 있었다. 저 돈이 어떻게 쓰이는지 누가 정확히 알까?' 하는 생각을 했던 적이 있었다.

# 새벽 도서실 문을 열다

삶이 바쁘고 지친 부모님들은 세상 변화와 상관없었다. 옛날에 머물러 있는 경험과 의식으로 잘 먹이고 용돈도 많이 주는 물질적 풍요가 자신들이 자라난 때 보다 더 좋은 환경을 만들어 준다고 생각했다. 그래서 당연히 말 잘 듣고 잘 자랄 것으로 여겼다.

1960년대 초기 산업사회에는 일자리도 늘어나 좀 더 나은 풍족한 생활을 하기 위해 어린 아이를 혼자 두고 일터로 나가는 맞벌이 부부가 늘어났다. 등교하기 전에 나가는 부모의 새벽 출근, 아이들과 보내야 할 시간에는 야간 근무, 늦은 퇴근 등으로 아이들을 방치하는 가정이 늘어났다.

시대적인 흐름이기도 하지만, 부모가 살아온 시절엔 밥 먹여서 학교에 보내주면 그 다음은 모두 아이들이 저절로 자라는 것으로 인식했던 사고방식 때문이기도 했다.

그렇게 방치한 아이들은 감각적이며 흥미를 자극하는 게임 중독이나, 가까이에 널브러진 유해 놀잇감으로부터 보호받지 못하며 현실에 부딪혔다. 학부모들은 자녀가 부모들의 세대와 같은 사회적 환경이 아니라는 것과 그러한 디지털 문화 환경들이 자녀에게 주는 위험을 알지 못했다. 기본생활 습관을 형성하는데 옛날과는 다른 어려움이 있다는 것을 알려고도 하지 않았다.

많은 학부모들은 약간의 물질적 풍요와 함께 '스스로 알아서 하는 아이' '말 잘 듣는 아이', '순종적인 아이' '착한 아이' 등 감성의 소통이나 약속과 책임 없이 가볍게 자유를 주었다. 간섭이 없는 편안함 혹은 통제와 절제가 없는 나태와 방치로 자율의 의미도 모르며 사춘기에 방임으로 이어져갔다. 아이들마다 특성에 따라 정말 스스로 잘 해가는 아이들도 있기는 했지만, 유해함을 알지 못한 상태에서 새로운 청소년 문화로 자리 잡아갔다.

새로운 청소년 문화가 학기 시작한 지 한 달을 못 넘기고, 학급마다 지각생 숫자가 한두 명 더 늘어나기 시작했다. 지각의 원인이 부모의 새벽 출근 후, 다시 잠자다 생기는 문제이거나 밤샘하며 게임하다가 등교를 하지 않는 경우라 했다.

또 한 부류는 '그래도 학교에 나와서 놀겠다.'는 아이들인데 교사들 출근 시간보다 너무 이른 새벽 여섯 시경부터 학교에 왔다. 그 아이들은 빈 교실에서 5~6명씩 교복을 입지 않은 채 검은 티-셔츠를 입고 모여, 오락게임을 하거나 카드놀이에 정신이 팔려있었다.

아이들을 본 경서는 이른 새벽에 등교하여, 교실에서 생기는 문제에 대해 학생생활지도부장과 의견을 교환하기에 이르렀다.

"교장 선생님, 제가 조금 일찍 나와 복도 순회를 하겠습니다."

"학생부장님이 조금 일찍 나오셔서 살펴주시면 감사하지요. 그럼 몇

시까지 나오실 수 있으세요?"

"여덟 시 전에 나오겠습니다."

"학생부장님만 일찍 나오시려면 힘드니까 학년부장과 담임교사들이 조를 짜서, 조기 등교하는 학생 생활지도 방안을 강구해 보시는 것은 어떻겠습니까?"

"아침에 십 분 정도 출근을 앞당기는 것도 불편해 할 선생님들이 많을 텐데요."

"그렇지요. 가정에 어린아이들도 있으니, 일찍 나오는 것이 쉬운 일은 아닙니다. 교감 선생님과 각 부서부장과 의논해서 조기 출근하는 조를 짜서 일주일에 한 번 정도 일찍 나오도록 해 보시면 어떨까요?"

"의논해서 방법을 찾아보겠습니다."

며칠 후, 조기 등교 학생 아침생활지도가 시작되었다. 경서는 아침 일찍 출근하는 교사들의 수고를 위로할 겸 오전 여섯 시 삼십 분에 출근했다.

"안녕? 일찍 왔네? 아이쿠! 잠도 깨지 않고 학교 오셨나? 저기는 자고 있네. 교복도 안 입고 왔니?"

"교복 있어요."

한 아이가 주섬주섬 가방 속에서 구겨진 교복 윗도리를 꺼내 입었다. 경서는 그 아이에게 가까이 갔다.

"아침은 먹고 왔니?"

그 아이는 머뭇거리며 "네."라고 대답했다. 아이가 가방에서 교복을 꺼내니 책과 노트는 없고 게임기가 삐죽이 보였다. 아이는 얼른 가방을 뒤집어 게임기가 보이지 않게 놓았다.

"1교시 수업이 무슨 과목이니?"

그때였다. 모여서 떠들고 있는 아이들과는 떨어져서 교단 쪽 가까이 책상에서 앉아 책을 뒤적이던 한 아이가 대답했다.

"수학요."

"숙제 밀린 것은 없니? 옛날에 수학 선생님은 숙제를 많이 내주셨는데, 너희 선생님은 숙제를 안 내주시니?"

"아뇨, 숙제가 있어요. 조금이요. 그래서 다 해왔어요."

"오, 그래. 훌륭하구나! 너희들도 숙제는 모두 해왔지? 아침시간을 잘 보내면 좋은 하루가 될 것 같구나."

"네."

그러나 아이들의 대답은 시큰둥했다. 빨리 나가주었으면 하는 표정이었다. 하지만 경서는 쳐다보는 아이들 속에 두 명이 책상에 책을 펴 놓고 있는 모습을 보며 '저런 아이들도 있구나.' 하고는 교실을 나왔다. 복도를 따라 38개의 교실 안을 다 들여다보았다.

모든 교실의 분위기는 거의 대동소이했다. 대여섯은 뭉쳐 앉아 떠들거나 게임을 하고, 한 두어 명은 책상에 앉아 자신의 일에 집중하고, 서너 명은 엎어져 자고 있었다. 출근하는 교사가 오기 전 교실에서 문제 성향의 또래집단이 선량한 학생을 끌어들이기에 아주 좋은 시간이라는 생각이 들었다.

설문조사나 상담사례를 보면 학교와 집안의 안전은 보장되나 보살핌이 없는 장소에서 자연스럽게 약한 학생은 집단의 피해자가 되기도 하

136

고 가해자로 변하기도 한 일들이 있었다. 경서는 학생부장이 조금 일찍 오는 것으로 해결될 문제가 아니라는 생각이 들었다. 이날, 교무회의에서 각 교실에 여섯 시 삼십 분이 되기 전부터 등교한 학생들의 상황을 전달하고, 가장 효율적으로 지도할 아이디어를 모집했다.

일주일이 지나도 아무런 의견이 들어오지 않았다. 교사 입장에서는 아이디어를 잘못 냈다가는 많은 선생님의 불편을 초래해 원망을 들을 수 있는 일이라 함구하는 것 같았다. 현재 조기 등교하는 학생지도를 위해 '이른 아침 출근 조' 운영도 은근히 불만인데 '더 이상 뭘 하라는 것인가.' 하는 분위기였다. 경서는 문득 '도서실'이 떠올랐다. '그래 도서실을 이용해 저들의 생활문화를 변화시켜보자.'

학생들이 모두 하교한 후, 도서실에 간단한 간식과 음료를 준비시키고, 국어 담당교사 일곱 명과 생활지도부장, 각 학년 부장을 소집했다.

"방과 후 여러 가지 업무처리로 시간이 없으신데 불러서 미안합니다. 잠시 선생님들의 도움이 필요해서요. 선생님들의 아이들이 생각보다 너무 이른 새벽에 등교합니다. 일찍 온 아이들은 특별히 하는 것 없이 대여섯 명이 그룹 그룹으로 뭉쳐 게임을 하거나, 교실 바닥에 드러누워 자기도 합니다. 일찍 등교하는 아이들에 관해서 고민해 보자고 했는데, 뾰족한 아이디어를 얻지 못했습니다. 그래서 말씀드리는데, '아침독서운동'을 펼쳐 보면 어떨까요?"

"……."

모두 서로 눈치만 보고 말이 없었다. 잠시 후, 국어 담당 부장이 나섰다.

"교장 선생님, 지금처럼 아침 생활지도로 운영하는 것이 아닌 또 다른 방법이 있으신가요?"

"어렵기는 하지만 있기는 한 가지 방법이 생각났어요."

"저희들을 부르신 것으로 보면 아침 독서교육을 말씀하실 것 같은데, 지금 처럼 조기 등교한 학생들에게 아침 십 분 책읽기 방송을 하고 있습니다만 큰 효과가 없는 것 같아요. 하긴, 간혹 열심히 듣는 학생이 한두 명 있는 것으로 알고는 있습니다."

"십 분 책읽기는 담임 선생님들이 교실 임장 지도하는 시간에 다루어지는 것이고, 또 교실에서 국어 선생님들이 독서교육을 위해 다양한 방법으로 수고하고 계신 것은 알고 있지요. 그렇지만, 이렇게 일찍 나오는 오류십 명 학생들이 교실마다 흩어져 방임에 가깝게 있는 것을 보고 고민이 되어 의논하는 것입니다."

"그럼 조기 등교 학생생활지도를 위해 조직된 팀이 나오는 시각을 새벽으로 앞당겨야 하지 않을까요?"

"선생님, 그렇게 하실 수 있겠습니까?"

경서가 되묻자 뒤에서 듣고만 있던 J교사가 대뜸 그 말을 받았다.

"선생님, 그건 선생님들에게 무리 아닐까요? 선생님들도 어린아이를 키우고 있는데……."

그러나 좀처럼 말이 없는 오영진 교사가 나섰다.

"교장 선생님, 예산이 좀 들긴 하지만 한 가지 생각이 떠올랐습니다. 말씀드려도 될까요?"

"해보세요."

"학교 도서실을 아침 일찍 열고 조기 등교하는 학생들을 도서실 교육을 하면 되지 않을까요? 물론 도서실 전담 사서 선생님을 한 분 채용해야 하는 문제가 있지만요."

"네, 좋은 생각입니다. 나도 오늘 잠긴 도서실 문을 보며, 이곳에 아이들이 있으면 좋을 텐데 했습니다. 중앙현관문을 닫으면 우리 학교는 도서실을 거쳐야 실내로 들어올 수 있으니, 정말 좋은 생각입니다. 그럼 선생님들이 이 도서실을 아침에 활용하려면 일 년의 계획을 세워야 하는데, 국어교과 부장님이 중심이 되어 운영안을 올려주세요."

"교장 선생님, 그럼 사서 교사 채용은 어떻게 하나요?"

"그 문제는 예산을 한번 들춰보고 가능하도록 하겠습니다. 채용안도 함께 올리세요, 채용 공고안도 함께 기안하세요."

잠시 후 N교사가 '글쎄.' 하는 얼굴로 눈을 찌푸린 채 일어섰다.

"사서 선생님도 채용하고 도서실 문을 열었는데, 학생들이 도서실로 들어오지 않을 경우에 대책은요?"

"걱정 마세요. 생각이 있습니다. 현재 새벽에 학교로 오는 학생 수 만큼 '빵'을 주려고 합니다. 오십 개 정도로 예상하고 있습니다."

궁여지책으로 내놓은 아이디어이지만 새벽에 오는 학생은 도서실 문으로 등교하고 도서실에서 시간을 보내다가 담임교사 출근 후, 교실로 입실하는 계획안이 나왔다. 그 계획에는 책과 도서실을 그들이 조금이나마 가까워지지 않을까 하는 기대가 있었다. 그러나 도서실 문을 일찍 여는 것에 따르는 불편을 미리 예상하고 있는 교사가 은근히 많았다. 그래서 경서는 일곱 시 전에 도서실 문을 열고 사서교사 1명과 국어교과 부장이 감당할 수 있도록 했다. 무질서하게 흩어져 있는 학생들에게 책과 가까이하는 경험을 주는 효과와 학생의 생활지도 문제가 해결되어 일거양득의 좋은 꾀를 낸 것이었다.

그러자 전교조 교사들로부터 반대 의견이 쏟아져 나왔다. 그들의 주장은 새벽 시간까지 학교가 책임질 수 없다는 것이었다. 하지만 그들이 당할 불편함이 없고, 오히려 담임교사들에게 도움이 되자 불만의 소리가 잦아들었다. 그때였다 갑자기 학생부장이 교장실로 들어와서 '중앙현관문도 도서실과 함께 일찍 열어주어야 한다, 희망자만 도서실로 입실시켜야 하지 않느냐, 빵 봉투가 여기저기 버려져 있다, 학생들의 자유가 너무 없다.' 등등. 교사들의 불만이라고 전하고 나갔다.

아침 지도에 가장 편하게 된 사람은 생활지도부장인데, 겉으로 보이는 태도와는 다르게 이상한 소리를 흘리고 다녔다. 그런 가운데 부임한 지 3년 차에는 도서실 운영이 완전히 자리 잡았다. 물론, 국어 교과 부장이 나오는 새벽시간을 경서가 대신하였기 때문에 좀 더 빠르게 정착할 수 있었다. 교사들도 어린 자녀들 때문에 일찍 출근하기가 어려운데, 사서 한 명을 채용하여 아침 시간 학생지도를 도우니, 불만하던 것이 모두 사라지게 되었다.

# 문재금 학생부장

문재금 학생부장은 지방 J시의 대학교 토목과를 1968년 졸업했다. 취업이 되지 않자, 교직을 이수한 덕분에 지역 정치가의 힘을 빌어 정치 깡패 Y와 L로 유명한 도시, B도 E시의 사립학교 기술교사로 교직에 발을 들여놓았다. 3년은 조용히 학교생활을 했다.

전교조가 조직화되는 시기에 전교조 활동을 극심하게 한, 사립 동료 교사가 공립학교로 발령이 난 것을 보고, 그의 뒤를 따라 사립학교에서 공립학교로 옮겨왔다. 문재금은 공립으로 옮겨오기 위해 사립교장이 머리를 흔들도록 괴롭혔다. 그리고 뒤로는 타협도 했다. 야비한 술책으로 드디어 공립학교로 발령을 받았다.

S시 공립 Y중학교로 오고 나서 그의 뒷배를 봐주는 윗선의 사주를 받고, 새로 만난 교장에게 해서는 안 될 짓을 하고 교사 징계를 받았다. 문재금이 교장을 괴롭히는 방법은 평범한 사람들이 하는 행동의 수위를 벗어났다. 깡패가 행패 부리는 것과 똑 같았다. 문재금이 공립학교로 발령받았던 첫 번째 학교 교장은 과학과 장학직을 거친 이연자 교장이었다.

이연자 교장은 문서를 살피는데 치밀함이 있었다. 학년 초, 각부서 예산안을 세우기 위해 전년도 예산사용을 확인하는 과정에서 체육과 예산 처리에 많은 문제가 있다는 것을 알게 되었다. 이 회계 비리를 바르게 잡으려 자꾸 파헤치니 교육청에서 그만하고 멈출 것을 여러 사람을 통해 에둘러 전달했다. 그러나 체육과 회계를 보면 볼수록 비리가 크다고 느낀 이연자 교장은 계속 따지고 들어갔다. 그때 학교에 사건이 일어났다. 행동대원이 바로 문재금이었다. 문재금이 플라스틱 통에 흙탕물을 채워 교장실에 가서 뿌렸던 것이다.

체육과 회계 비리는 조용히 덮였다. 그리고 그것에 관한 상세한 이유는 비밀로 치부했다. 그러나 들리는 소문에 의하면 그 일을 덮기 위해 윗선에서 만들어 낸 사건이라 더더욱 입을 다물었다고 했다. 문재금 학생부장은 괜히 이연자 교장에게 생트집을 잡으면서 운영에 혼란이 일어나게 사건을 만들었다.

이연자 교장은 사건이 일어나자 세상에 알려지는 것이 너무 창피하고 자존심도 상하여, 교내 문제로 조용히 해결하고자 했다. 교육청은 사건을 교육청에 보고하지 않았다는 것을 문제화했고, 학교장에게 모든 책임을 물었다. 이연자 교장에게 리더십에 문제가 있다며 다른 학교로 좌천시켰다. 그들이 한 짓인데 모르고 있을 리 없었다. 그러나 잘못한 이들은 숨어서 자신의 편익을 위해 가능한 한 제도를 공식적으로 이용할 편법을 찾고 있었다. 이런 방식으로 교장을 에둘러 혼냈다.

문재금 부장이 S중학교에 부장 보직 발령을 받아 온 것도 정상이 아니었다. 문재금은 징계 중이라서 S중학교에 발령이 날 자격이 없는데도 불구하고, 학생부장 보직을 받고 발령이 난 것을 경서는 이해할 수 없었다. 문재금은 처음 봤을 때부터 옳고 그름을 떠나, 어딘지 모르게 자신의 필요에 따라 '넵!' 하는 형님조직이 갖는 특성을 보였다.

시간이 흐를수록 지하의 힘에 붙어 있는 중간보스 같은 느낌이 짙어졌다. 지금에 와서 보면 문재금이 정말 사회적으로는 공립중학교 학생부장이라는 점잖은 명함을 지녔고, 실질적으로는 향우회나 학교의 문제 학생의 학부모를 세력화하는 면이 있었다. 문제 학생을 지도한다는 미명 아래, 은연 중에 그들을 지하조직의 일원으로 이끌고 있는 것 같았다. 문제아와 그 문제의 학부모를 동향, 선후배, 학생문제 해결을 위해 결성한 모임처럼 세력화하여, 또 다른 세력을 양성하여 윗선에 도움을 주고 자신도 도움을 받는 사람이었다.

문재금이 일으켰던 사건의 전말을 미루어 보면 사립학교에서 공립으로 옮겨오게 해준 교육계의 인사가 불편을 겪으니 사건을 일으켜 막아주는 충성을 보였다. 또다시 그들 세력의 도움을 받아 발령이 날 수 없는 조건을, 교장이 요청한 우선 발령이란 제도를 이용하여 이미진 교장이 경서가 근무하는 S중학교로 부장 보직을 만들어 준 것이었다. 그래서 자신이 한 과거의 일을 오무성에게 알려주면서 경서에게 같은 짓을 하게 한 것이었다.

이 웃기지도 않는 행동대원의 뒤에는 인종수 교육장, 이미진 교장, 이승원 교감, 진지아, 문재금, 오무성, 상대원에 자리 잡고 있는 김도자 도의원과 그의 남편 지준영 시의원. 이들은 J시 출신 동향으로 서로 사사로운 부탁들을 들어주고 있는 조직 저변의 음성적 힘들이었다.

이 도시가 들어선 초기, 지역에서는 학생문제가 터지면 특정 향우회 출신의 학생부장이 아닌 경우에는 문제를 해결하는데 지역사회의 협조 얻기가 어려웠다. 결국은 타지역 출신의 학생부장은 문제 해결력 없는 개인의 무능으로 인정되어 학생부장직을 내려놓았다. 자연스럽게 학교마다 학생부장은 A향우회 출신들로 조직화되어 갔다.

그래서 생활지도 부장들이 연계되어 각 학교마다 일어나는 학교 내부의 문제가 퍼져나가는 것 같아 조심스러웠다. 문재금은 이승원 교감 앞에서는 매 순간 충성하는 자세를 취했고, 경서가 혼자 있을 때는 교장실로 내려와 없는 말까지 지어 가며 교감을 헐뜯고 흉 보는 비열하고, 신뢰할 수 없는 사람이었다.

경서는 문재금을 처음 만날 때부터 조심스러움을 느꼈다. 일반적으로 교장이 부임하게 되면 교감이 부장들을 불러 모아 교장실에 함께 들어와 인사를 하는데, 문재금은 다른 교사보다 아주 일찍 출근을 해서, 경서가 혼자 있는 것을 확인하고, 조용히 인사하러 온 사람이었다.

문재금은 간단하게 학생부장이란 말로 자기소개를 하며, 인사말 속에 '나는 이 학교에서 교장 선생님을 지원하는 지원군, 혹은 교장 편입니다.'라는 뉘앙스를 슬쩍 풍겼다. 경서는 좀 의아하게 생각하면서 '학생부장이 혹시 나와 잘 아는 사람과 알고 있는 사이인가? 나에 대한 뭔가 사전 정보를 가졌나?' 하는 생각이 머리를 스쳤다.

그러나 경서는 머리를 흔들어 복잡하지 않게 '새로 온 교장에게 눈도장을 먼저 찍자.'는 것이겠지 하는 정도로 받아들이기로 했다. 그러나 문재금에게 이상한 냄새가 풍기기 시작하는 데는 그리 오랜 시간이 걸리지 않았다. 학교에서 문제 학생들을 관리하고 또 그 부모들도 문재금의 손아귀 속에 있는 것이 아닌가? 하는 찜찜함이 들었다.

어느 날 문제 학생들이 뭉쳐 다니며 음식에 이물질이 나왔다고 떠들어 학교를 뒤집어 놓았다. 그러나 경서는 그 음식을 가져다 본 결과 일부러 무엇을 집어넣은 듯했다. 그 일은 급식소 영양사를 쫓아내고, 그들의 입장과 같이 하는 사람으로 교체하고자 하는 유치한 작전의 시작이었다. 경서는 그들의 편에 서지 않았다. 영양사는 매우 성실하고 청결하게 일하는 사람임에도 음식물에 이물질이 들어 있다고 두 번이나 일이 벌어졌다.

경서는 아침에 영양사와 같은 시각에 나와 청결을 철저히 챙겨 보았고, 급식 후 사후 설거지도 점검을 게을리하지 않았다. 문제를 제기하고 나온 학생들이 모두 학생부장 밑에서 학생과 특별지도를 받는 학생들이었다. 몇 번 시비를 걸다 그냥 넘어간 꼴이 되었지만, 급식소 사건에도 왠지 모르게 문재금 조직원의 행동인 것 같았다. 그러나 명확한 근거를 잡을 수는 없었다. 문재금은 겉으로는 학교 내 폭력문제, 도벽문제, 흡연문제 등을 꽉 잡고 해결하니 뭐라 이야기할 수 없었다. 문제의 학부모도 말도 안 되게 억지를 부리다가 학생부장이 나타나면 잠잠해지는 경우가 많았다.

# 이승원 교감

　이승원 교감은 우리나라 최고 대학인 S대학교 사범대학 출신이며, 학교가 속해 있는 S시의 교육장 인종수의 바로 직속 후배다. 무엇보다도 교원노조가 가장 힘을 발휘하는 A향우회의 일원이다. 그것보다 더 힘을 발휘하는 것은 뛰어난 머리로 자기 이익에 대한 철저한 계산력과 치사함을 전혀 부끄러워하지 않는 뻔뻔함이다. 이익에 관한 한 빠른 판단력과 비열할 정도로 영리한 자세를 취하였다.

　교사로 일할 당시에도 어딜 가나 무능하다는 소리를 들었으나, 학벌과 학연이 감싸주어 공익적인 무능은 아무 문제가 되지 않았다. 대신 그의 공익적 무능은 드러나지 않게 옆 사람들을 힘들게 했다.

　S중학교로 오기 전에 있었던 학교에서도 이승원 교감의 무능으로 학교장이 책임을 지고 다른 학교로 옮긴 일이 있었다. 이승원 교감은 학연과 지연으로 있었던 곳보다 큰 지금의 학교로 오게 되었다. 교사일 때는 같은 학년을 맡은 동료 교사나, 동 교과목을 담당하는 교사들에게 그의 무능이 조금씩 나누어 보이지 않게 돌아갔다.

　그러나 항상 포상과 승진에 필요한 일이나, 수당이 조금 더 나오는 일이나, 노력에 비해 보상이 좋은 일에는 언제나 남보다 앞자리에 있었다. 자신의 이익을 위해 언제 무엇을 어떻게 했는지, 이익이 있는 곳 꼭대기에 자리 잡고 있었다. 이승원 교감이 이익을 취할 때는 타인의 눈과 입이 신경 쓰이는 것에도 전혀 개의치 않았고 그 자리를 노렸다 하면 여지없이 그 자리에 있었다.

이승원 교감의 무능을 상쇄할 학벌과 학연도 큰 역할을 했으나, 잔주름이 많은 작은 눈매가 눈치 빠른 자신의 감정을 숨기면서 누구에게나 몸을 낮추는 듯한 순하디 순한 표정을 짓고, 165Cm 정도의 작은 키에 몸집은 작고, 얼굴도 못생겨서 경쟁자들로부터 관심 밖으로 벗어날 수 있었다. 자기 헌신이나 소명감 따위 말에 흔들리지 않았고, 자신에게 돌아오는 손해와 이익에만은 빠른 판단력이 작동하는 우수한 두뇌도 힘을 발했다. 학교에 자신을 묻기엔 너무 잔꾀가 많았고, 손익에만 밝았다.

이승원 교감에게 학생부장의 일 처리하는 태도에 대해 물으면 약간 깔보는 듯한 말씨로 "그냥 잘합니다. 걱정 마세요." 하는 것도 이상하다고 생각했다. 앞에 같이 있을 때는 서로가 존중하는 태도를 보이다가 흩어져서 각자 혼자가 되면 모두 서로를 대하는 태도가 석연치 않았다.

학생부장의 과잉으로 충성스러운 자세도, 교감에게도 아주 충직한 아랫사람 같은 모습을 보이던 학생부장이 사흘 전에 교장실로 조용히 와서는 "교감의 무능은 B도 교육청에서 다 아는데 교장 선생님은 아셨어요? 학교 운영에 힘드시겠습니다."를 시작으로 어디에서 얼마나 무능했는가를 삼십 분 가까이 전달을 하는 것을 들었다. 그럴 때마다 "사람에 따라 조금씩 다 다른 면이 있지요. 교감은 선하시잖아요?"로 학생부장의 말문을 막았다.

학생부장에 대한 교감 태도도 마찬가지였다. 함께 있을 때는 학생부장이 일을 잘한다고 하면서 자리에서 없어지면 묘하게 무시하는 표정으로 웃음을 흘렸다. 이승원 교감은 자신의 책임에 대한 잘못은 절대 보고하지 않았다. 경서가 출장으로 학교에 없을 때 생긴 화재가 두 건 있었다. 우연히 방과 후 교실을 돌아보다 바닥에 이상하게 손바닥만 한 크기의 검은색이 있어 옆에 있던 홍 실장에게 물었다.

"홍 실장님, 이 바닥은 꼭 불난 것을 지운 것 같네요."

홍 실장이 고개를 옆으로 돌리면서 놀란 듯이 말했다.

"교장 선생님, 교감 선생님이 보고하지 않았어요? 어제 교장 선생님 출장으로 학교에 계시지 않을 때, 학생들 장난으로 불이 날 뻔한 걸 껐습니다."

이렇게 전해 들었다. 두 번째 화재도 보고를 하지 않았고, 쓰레기 담당교사가 전했다. 이승원 교감이 처음 조직해온 부장 보직을 중 교사들의 근무태도를 봤을 때 이승원 교감이 경서에게 전달하는 교사의 근무 자세에 대한 평가도 신뢰가 가지 않기는 마찬가지였다. 경서는 이승원 교감의 매번 잦은 무성의한 태도로 믿음이 무너져 가고 있었다. 또 한 번의 출장 중에 일어난 희한한 일로 의심이 더 생겼다..

경서는 많은 사건들을 해결하면서 이승원 교감이 없어야 학교가 변화할 수 있겠다는 생각이 들기는 했다. 그래서 이승원 교감이 S중학교에 계속 있겠다는 유예신청을 받아들이지 않았다. 교감이 승진 발령대기자이니 특별히 유보해야 할 것도 아니라는 생각이 들었다. 교장 승진발령은 대기자 순위에 의해 발령이 나기 때문에 그대로 두기로 했다. 그러나 이승원 교감이 학교에 계속 근무하고자 스스로 낸 꾀는 '자신의 근평'을 낮추어 순위를 뒤로 미루는 방법을 택했다.

교감 평정을 하는 교육청에 선배도 있고 근평을 높여 달라는 부탁은 들어주기 힘들지만 근평을 낮춰 뒤로 밀리게 하는 것은 문제가 되지 않았다. 근평을 낮춰 발령 나지 않도록 조율해 놓았던 것이 순위가 밀린 관계로 발령자 맨 끝에 걸리게 되어 아주 작은 시골학교로 승진발령을 받게 되었다. 그러자 이승원 교감은 유보 희망서를 허락하지 않은 나에게 앙심을 품고 잘 돌아가는 자신의 꾀로 주변의 힘을 모았다.

경서는 자신이 왜 그 많은 사람들로부터 '이상한 일'들을 당하고도 사건들이 연속적으로 연결되어 가는지를 알 수 없었다. 마치 짙은 안개 속을 걷는 것처럼 한 치 앞을 보지 못하는 억울함과 분노가 생겼다. 경서는 상식에 어긋날만큼 자신의 이익을 챙겨 보지도 못했고, 누구를 밟고 올라서는 일은 하지도 않았다.

모난 돌이 정 맞는다고, 성격 상 부드럽지 못해 오해를 불러일으키는 일은 간혹 있어서 소소한 다툼이 있기는 했지만, 대부분 자신의 처세 부족이었다. 경서는 누구를 밟고 올라서기에는 힘이 부족했고, 마음이 소심했다. 그래서 계속 자신을 괴롭히는 걸림돌들이 왜 자꾸 생기는지 알지 못했고, 이해도 되지 않았다. 공익보다 사익에 철저한 이익 집단의 필요가 만들어 낸 일로 헤매고 있었다는 것을 알지 못했다.

# 장애 학생 무단외출 사건

그날의 출장은 출근 후 알게 되었다. 학기 초 학생생활지도 전반에 대한 전달과 협의 사항으로 열린 학교장회의 출장이었다. 경서는 조기 등교하는 학생들의 아침도서실 문을 열고 공문열람으로 알게 되어 출장에 필요한 자료를 찾고 바쁘게 교실 복도와 별관을 한 바퀴를 돌았다. 그리고 학생부장과 교무와 교감과 간단하게 오늘 학교 일정과 학생 안전사고에 관한 내용을 전달하고 출장지로 출발했다.

학교장 회의 장소에 겨우 지각을 면해 도착했다. 일찍 도착한 교장 사이로 들어가 자리를 잡았다. 9시 30분이 되자 회의 자리 마련하느라 고생한 D중학교의 이 교감이 나와 회의를 이끌었다.

"교장 선생님들의 본교 방문을 환영합니다. 저는 D중학교 교감 이재식입니다. 이렇게 많은 교장 선생님들을 한 자리에 모시게 되어 영광입니다. 회의 시작 전에 교장 선생님들이 가지신 핸드폰을 잠시 꺼두시거나 무음 처리를 부탁드리겠습니다. 곧이어 2007년 S시 교장회의를 시작하겠습니다. 국민의례가 있겠습니다. 모두 자리에서 일어나……."

국민의례가 끝나자 D중학교 장필훈 교장의 인사말이 이어졌다.

"학기 초 바쁘고 어려운 일정 속에 모두 일찍 오셔서 자리에 함께 해주셔서 감사합니다. 작년과 유사한 입학식과 순진한 아이들의 얼굴을 볼 때, 시간이 멈춘 듯하여 세월의 흐름을 모르고 있다가, 한 해 한 해 자라 2학년, 3학년이 된 아이들 모습에서 세월의 속도를 느끼게 합니다. 더욱이 새로운 생활문화로 만들어지는 학생들의 놀이와 가치관의 변화는 아이들의 성장 보다 두 곱으로 더 빨라지고 있음을 느낍니다. 여기 계신 교장 선생님들도 학교와 교사와 학생의 기준이 옛날과 다르다는 것을 절감하시라 생각합니다.

오늘 이 자리에서 우리도 공부하고 변화에 맞추어 나아가야 현장의 문제가 줄어들 수 있지 않을까 생각합니다. 우리 교육에 보탬이 되는 교장 선생님들의 훌륭하신 많은 의견이 나와, 빠르게 변화하는 학생 생활문화를 이해하고 생활지도에 길잡이가 되셨으면 합니다."

"이어, 교장 선생님의 교직원 소개가 있겠습니다."

"교장 선생님들은 학교를 한번 둘러보시면 많은 전달내용이 필요하지가 않을 것으로 생각하고 저희 학교 연혁, 교육목표, 교육과정 중점 사업 등은 내어드린 학교 안내지로 대신 하겠습니다. 수업 때문에 빨리 교실로 들어가야 할 교직원 소개를 먼저 올리겠습니다. 단상에서 사회 보시는 분이 이 학교의 이재식 교감 선생님이십니다."

교감은 단상에서 약간 비켜서서 말했다.

"D중학교 이재식 교감입니다. 많은 지도 부탁드립니다."

곧이어 장 교장이 말했다.

"오른쪽에는 우리 학교 이미숙 교무부장이시고, 그 옆에는 오늘 회의 준비에 고생하신 이순자 학생부장이십니다. 나오셔서 인사하세요."

"이미숙 교무부장입니다."

"이순자 학생부장입니다."

장 교장이 각 담임교사와 행정실 직원을 소개하고 인사가 끝났다.

"이어 생활지도 담당 곽상구 생활지도담당 장학관의 인사 말씀이 있겠습니다."

"건강한 모습의 교장 선생님을 새해에도 뵙게 되어 감사하고 반갑습니다. 학교의 일 년 계획을 세우시느라 시간 내기가 많이 어려우셨지요? 마음과 몸이 매우 바쁘신 중에도 학생생활지도에 마음을 합하여 주심에 감사드립니다. 학교 일정이 조금씩 안정되어 가고 있으시겠지만, 현재 문제를 일으키는 아이들의 나이가 점점 낮아지고, 유해 환경이 거리에 넘쳐나고 있습니다.

범죄자가 저령화 되어감에 따른 문제 예방과 그 지도방법의 어려움이 매우 큽니다. 학교로 넘어오는 책임이 확대되어 가는데 비해, 처리할 수 있는 권한은 약하고, 예방교육만이 답이라는 인식이 주는 막대한 책임감을 통감합니다. 이러한 문제들을 학교가 모두 감당하기엔 너무 큰 사회의 변화에 대한 답답함을 충분히 알고 있습니다. 그러나 일선 교장 선생님들의 현장 정보와 해결 방안이 아무래도 가장 현실성이 있으니, 좋은 의견 많이 주시고 각 학교의 학생지도 우수사례를 보내주셨으면 합니다. 교장 선생님들의 여러 노고에 감사드립니다."

생활지도 장학관으로서 각 학교장의 수고를 공감한다는 인사말을 전하고 또 다른 업무를 위해 먼저 자리를 떠났다. 장학관이 자리를 떠나자 주관하게 된 D학교의 장 교장이 나와서 이야기를 이었다.

"자, 차린 것은 변변하지 않지만 차와 다과를 드시면서 말씀 나누도록 합시다. 제가 키운 생강 두어줌을 집에서 가지고 와 학교에서 끓인 건강차입니다. 하하. 어디를 가나 커피만 내 놓아서요. 하지만 커피를 원하시는 분께는 커피 드리겠습니다."

"여기는 커피요."

"나도 커피~, 추가 생강차~ 호호 둘 다 마셔도 되지요? 장 교장 선생님의 생강차는 놓치면 안 될 것 같네요. 호호."

조 교장이 화사하게 웃으며 분위기를 띄우자 여기저기 가까이 앉은 교장끼리 작은 소리의 잡담과 농이 오가며 회의장 분위기는 조금 여유롭고 편안해졌다. 장 교장은 조금 시간의 여유를 두고 기다리다 오늘 회의 주제에 관해 말문을 열었다.

"복잡해져 가는 사회 변화에 따라 상담교사 역할의 중요성과 학교 외에, 시와 구청 등에 채용되어 있는 상담교사역할과 학교 상담교사와의 연계성이 없어 지역에서 일어나는 청소년 문제에 대해 모든 책임이 학교로 전가되고 있는 것도 큰 문제입니다. 문제는 일어나기 전 예방이 우선인데, 일단 지역사회에서 일이 크게 벌어지면 모든 것을 학교의 문제로 학생을 넘기기만 하면 시청, 구청, 지역회에서는 책임을 다한 것이 되니까요."

구도시의 M중학교 Y교장이 약간 흥분했다.

"맞습니다. 학교의 상담교사뿐만 아니라 지역사회에서 운영하고 있는 상담교사들의 활동도 자세히 들여다보고 학교와 연계지도 하는 제도적 받침이 필요하다고 봅니다. 우리 학교에 N군은 아침에 학교를 나오지 않아요. 그래서 학교 상담교사를 출장을 보냈더니 어머니는 가출했고, 아버지는 술중독자이신데, 아이는 시청으로부터 컴퓨터를 지원받아 게임 중독이더라고요. 학교에서 학생을 등교시키려고 교사를 두세 번 보냈더니, 그다음 날 학생의 아버지가 몽둥이 들고 학교로 찾아와서 괴롭히지 말라고 폭력을 휘두르고 갔습니다. 학교 유리창 두 장을 깨고 갔지요."

이 교장은 공감한다는 자세로 고개를 끄덕였다.

"구도시 학교에서 많이 힘드셨겠습니다. 지역사회에서 채용해 있는 상담사도 담당해야 할 범위가 너무 넓으니 문제가 발생해야만 움직일 수밖에 없는 문제도 있지요."

"그렇기는 하지만 지역사회에서 채용한 상담교사와 학교의 연계성 있고, 책임도 공동으로 질 수 있게 제도적 뒷받침을 한다면 좀 다르게 움직여질 수 있지 않을까요?" 하며 E중학교 K교장이 말했다.

장 교장이 "좋은 방안이 있으시면 의견을 주십시오." 하며 청하자 K교장은 잠시 머뭇거리다가 말을 잇는다.

"이건 시청, 구청, 청소년기관 등에서 상담사 한두 명 채용해서, 사건이 생기기 전에는 움직이지 않고 자리만 지키다가, 일이 터진 후에 상담하는 상담 활동은 아무런 의미가 없습니다. 그 지역에 예방 상담이 되도록 하자면 지역의 상담실을 통합하도록 제도화하면 되지 않을까요? 예를 들면요. 중앙에 상담실 센터를 두고 시청, 구청, 청소년센터, 학교 등으로 상담사를 보내 예방 활동을 관리한다면 활동이 미미하고 책임 없이 자리만 지키는 것에서 벗어나 좀 더 예방지도가 가능하지 않을까요?"

가만히 듣고만 있던 F교장이 의견을 냈다.

"그렇다면 제 생각엔 청소년 범죄가 효율적 지도가 되려면 경찰서도 상담 활동에 같이 참여해야 하지 않을까요?"

장 교장이 손을 약간 저었다.

"F교장 선생님, 너무 광범위해지면……. 자 자, 우리의 범위에서 생각해 보도록 합시다. 아까 Y교장 선생님의 학교 N군의 이야기를 끝까지 들어봅시다."

"Y교장 선생님, N군은 요즘도 학교를 나오지 않나요?"

"두 시간 끝나고 세 시간째 넘어 점심 먹을 때 가까워지면 나와요. 그래도 밥은 먹으러 오니 살아있다는 것은 알지요. 해결점 없이 보고 있기만 하는 입장이라 아이가 참 불쌍하지요."

학교에서 일어났던 사례와 지역사회와 학교의 연계성이 부족해서 발생한 문제를 구체적으로 끄집어내자 여기저기에서 일어났던 일이 작은 소리로 이야기되기 시작했다. 구도시의 교장들이 아주 공감이 간다는 표정으로 고개를 끄덕이자 P교장이 말했다.

"그렇습니다. 이런 가정 전체가 붕괴되어 생기는 문제는 지역사회가 전체적으로 협력해야 하는데, 시청에서는 시청대로, 구청에서는 구청대로, 청소년기관은 기관대로 상담사만 채용해 놓고 청소년의 문제가 발생하면 사후약방문처럼 아주 기초적인 상담만 진행합니다. 그리고 학교생활지도 문제로 넘기면 지역사회 상담사의 활동과 책임은 거의 끝나는 수준입니다. 각 기관에 한 명씩 분산되어 그 역할이 한정적일 수밖에 없는 환경이므로 지역사회 저변에 깔린 근원적인 치유 활동이 될 수 있는 수준 높은 활동을 할 수 있게 보완해야 합니다."

"그렇지요. 지역사회 청소년 수에 비해 기관에 한 명의 상담사만 있기에 큰 문제가 발생하지 않으면 유야무야 시간을 보낼 수밖에 없지요. 상담사는 문제 예방을 위해 있는 자리인데 그들은 문제가 터지면 어려운 문제 해결을 위해 일하는 듯이 하지만, 결국 '도둑이 든 다음 외양간 고치는 일'을 하고 외양간을 완전히 고치지도 않고 그 결과는 학교문제로 넘겨지고, 책임이 면해지는 것이……. 상담사 숫자만 늘리고 책임은 가벼워지면서 문서 몇 장에 상담 기록만 남기는 상담사 역할이 되어가고, 각 기관의 상담사가 있다는 명분과 자리 지키는 것으로 그들의 업무가 되어가지요."

"맞습니다. 지역사회에서 학교를 중심으로 서로 연계된 상담 역할과 그 뒷받침이 되는 적극적인 제도 개선이 필요합니다."

열띤 의견들이 오가는데 회의장 문이 조심스럽게 열리며 행정실 직원이 얼굴을 빼꼼히 내민다.

"회의 중에 죄송합니다. S중학교에서 교장 선생님을 급하게 찾는 전화가 왔습니다, 바로 학교로 연락주시라고 합니다."

회의 중, 교장들의 눈빛이 경서에게 쏠렸다. 경서는 급한 연락에 걱정이 앞섰다.

'무슨 일이지? 오늘은 내가 급히 결정해야 할 일은 다 정리하고 왔는데…'

학교에서 긴급하게 교장을 찾을 때는 대개 해결이 어려운 사건이 터졌을 경우였다.

"회의 중에 죄송합니다."

경서는 빠르게 밖으로 나와서 교무실로 연락을 했다. 따르릉 따르릉 벨이 두 번 울렸다. 곧 바로 전화기 너머서 목소리가 들렸다.

"감사합니다. S중학교 교무실 엄○○ 주무관입니다."

"여보세요. 여기 교장인데, 교감 선생님 자리에 계세요?"

"교장 선생님, 교감 선생님 지금 자리에 계시지 않아요. 찾아서 연락 드리라 할까요?"

"아니~ 그럼 누가 나한테 급하게 전화를 했는지 알아보세요. 그리고 전화 바꿔주세요. 끊지 않고 기다릴 테니."

"그럼 교무부장님 바꾸어 드릴게요."

"교무부장님, 교장 선생님 전화에요" 하는 소리가 전화기 너머로 들리더니 "전화 바꿨습니다." 하는 교무부장 목소리가 들렸다.

"아, 여이화 부장. 학교에 무슨 일이 있나요? 급한 연락을 받아서……."

"네, 교장 선생님. 전화에 놀라셨죠?"

"그래요. 누가 무슨 일로 전화했죠?"

"교장 선생님, 장애 학생 한 명이 없어졌어요. 담임교사가 8시 30분에 등교한 것을 확인했는데, 수업 중에 없어졌다는 것을 알고 계속 찾아다니다가 지금까지 행방이 묘연해서 더 늦어지기 전에 교장 선생님께 알려야 할 것 같아 연락드렸습니다."

"담임교사가 꾸중을 했거나, 아이들끼리 다툼이 있거나 하는 특별한 일 없이 아이가 사라졌다는 말씀인가요?"

"네."

"그럼, 학생이 자리에 없어진 것은 언제 알았어요? 그 아이 등교 확인 후 담임교사는 어디 계셨죠? 아이가 사라졌다는 것을 교사가 인지한 시간은 언제이고 무슨 조치를 했지요?"

"학교 CCTV로 학생이 교문을 나가는 장면과 시간을 확인하고, 학교 가까운 오락기 있는 문방구와 단대오거리 오락장까지 세 시간 넘게 찾아다녔는데 보이지 않고요. 지금 장애학급 담당교사 두 분이 단대재래시장으로 찾으러 나갔습니다."

"교감 선생님은 어디 계세요? 전화로 길게 이야기하기는 어려우니, 내 바로 학교로 들어 갈 테니 아이가 잘 갈만한 곳을 더 찾아보세요. 학급 아이들에게 해답이 있을 수도 있으니 그 학급 아이들에게 더 이야기를 해보세요."

"교장 선생님, 사라진 학생의 아버님이 학교에 오셔서 교감 선생님이랑 상담 중이세요."

"알았어요. 내 바로 학교로 들어갈 테니 전화 끊어요."

전화를 끊자, 여러 가지 생각이 오가고 걱정으로 가슴이 철렁 내려앉았다. 경서는 교장 회의 후, 학교장 사이에 공식적인 자리에서는 얻지 못하는 여러 가지 정보와 사사롭게 논의하는 식사 자리는 가지 못하고 급하게 학교로 돌아왔다.

학교에 들어서자 바로, 급식실로 들어가 배식 상황을 둘러보고 학생 급식 진행 모습과 전 교실에 담임의 임장지도를 확인하고 교무부장을 먼저 불렀다.

"식사는 하셨어요?"

"네. 조금 전에 끝났습니다."

"다행이네. 식사를 하셨다니. 그럼 잠시 앉으세요. 아직 교감 선생님 은 학부모와 상담 중이세요?"

"네. 학생부장과 학부모와 교감 선생님이랑 함께 계세요."

"무슨 상담이 그렇게 길어요?"

"교장 선생님, 오시기 전에 학부모님이 교장 선생님을 찾으셨어요. 교장 선생님이 부재중이시라, 교감 선생님께 오셔서 학부모님을 모시 고 상담실로 가셨어요. 그런데 상담이 너무 길어져서 학생부장이 조금 전에 교감 선생님 계신 곳에 합류하셨어요."

"아니! 그럼 사라진 아이는 누가 찾으러 갔어요? 학생부장도 교실에 있고 교감도 상담하고 있으면……."

"학생부 교사와 장애학급 선생님들이 나가셨어요."

"장애학급에는 누가 있어요?"

"아이를 못 찾고 조금 전 점심시간에 들어오셨어요."

"그럼, 학생이 사라진 시간은 몇 시에요?"

"교장 선생님 출장 나가시고 바로 뒤따라 아홉 시에 교문을 나간 것 을 확인했어요."

"그럼, 선생님들이 그 애가 없어진 사실을 확인한 시간은 언제였지요?"

교무부장은 당황하여 머뭇거리다 확인해 보겠다며 자리를 떴다가 한참 후에 돌아왔다.

"교장 선생님, 말씀드리기가……. 학생은 아홉 시에 1교시 시작 벨을 듣고 바로 복도에서 교문으로 사라지는 모습이 찍혔는데요. 담임교사가 2교시까지 학생이 없어진 것을 몰랐답니다."

교무부장은 보고하지 않아야 하는 것까지 해 버렸다고 생각을 했는지, 보고를 끝내고 어쩔 줄을 몰랐다.

"그럼, 담임이 애가 없어진 것을 3교시에나 알았다는 것이고, 이 사실을 교감 선생님은 알고 계세요?"

"처음엔 교감 선생님도 모르셨는데 이제 아셨어요. 우리는 아이가 사라진 시간만 확인했습니다."

"교무부장, 담임교사가 식사를 마치면 교장실로 보내세요. 그리고 장애학급 교무에게 학급 애들을 개별로 불러 사라진 아이와 아침 시간에 있었던 일을 물어보세요. 그 아이들에게서 해답이 있을 수도 있어요."

"아침에 전체 학생과 개별 상담했다고 했는데요."

"아니! 시간이 지났으니 다시 한 번 이것저것 물어보세요."

"네. 그렇게 하겠습니다."

"학부모님은 아직 교감과 학생부장이랑 상담 중이에요?"

"가서 확인해 보고 오겠습니다."

교무부장이 나가자 경서는 배식판을 끌어당겨 다 식어 빠진 밥 한 술을 입에 넣었다. 남기지 않으려고 조금 담아온 밥과 반찬을 억지로 구겨 넣었지만, 입안이 껄끄러워 씹을 수가 없었다. '이 문제를 어떻게 해결해야 하나? 애가 왜 갑자기 학교에서 나갔을까?

지난 금요일만 해도 교장실에 와서 장애우 학급 학생 생일잔치에 과자도 선물로 주고받고 집에 갔는데 집에서 부모님이랑 무슨 문제가 없었을까? 이 아이를 어떻게 찾을까? 실마리가 잡히지 않는 생각에 교장실을 서성였다. 자리에 앉자 6교시가 끝나는 종이 울렸다.

경서는 교감이 학부모와 나눈 이야기와 자신이 부재중에 일어난 일을 상세히 알아보아야겠다는 생각으로 인터폰을 드는 순간 교장실 문이 벌컥 열리며 급한 걸음으로 교무부장이 들어섰다.

"아니! 교무부장, 무슨 일이에요?"

놀란 경서가 인터폰을 내려놓자 다급하게 반가운 소리로 보고했다.

"교장 선생님, 학생이 학교로 돌아왔어요. 지금 교실에 들어갔어요."

"없어진 학생이 돌아왔다고요? 아니, 어디 있었다고 해요? 다친 곳은 없어요?"

"교장 선생님, 다친 곳은 없어 보여요. 저는 7교시 수업이 있는데, 애가 돌아와 너무 반가워서 교장 선생님께 빨리 알려드리려고 수업에 가는 중에 이리로 왔어요."

"네, 선생님 알았어요. 내가 담임선생을 불러 물어볼 테니 얼른 수업 들어가세요."

허리를 돌려 다시 인터폰을 들고 장애학급 번호를 눌렀다.

"네, 교사 김영실입니다. 무엇을 도와드릴까요?"

"여기 교장실입니다. 김 선생님, 오기빈 학생이 들어왔다고요? 정말 오늘 하루 종일 맘 졸이고 힘드셨지요?. 기빈이가 학교로 돌아왔으니 왜 학교를 나갔는지? 어디를 헤매고 다녔는지 어떻게 돌아올 수 있었는지? 상세하게 물어보시고 교장실로 오세요."

"네, 상담 후에 교장 선생님께 가겠습니다."

경서가 부임한 이후, 연속적으로 일어나는 사건들이 심상치가 않았다. 사건이 작다고 할 수 있는 일들이 다수지만 조금이라도 어긋나면 큰일로 번지는 것이 학교의 학생문제다.

"화재경보기 오작동 해결을 위해 공문서를 보내서 점검하고, 원인을 찾아 오작동이 없도록 처리하세요." 하며 크게 화를 냈었던 일, 소방서에서 다녀갔음에도 불구하고 계속되는 화재경보기의 오작동이 일어났고, 행정실장은 아이들이 장난한다며 학생부장의 철저한 지도가 없다고 불만을 표했다. 소방서도 책임감 없이 다녀간 것 같고, 이 모든 일들이 뭔가 배후가 있는 모사요, 쉽게 잡힐 문제가 아니라는 불길함이 서늘한 등에 꽂혔다.


지난 주에 오기빈 학생의 부모도 학교에 배식문제로 항의하러 나온 일이 있었다.

"선생님, 배식에 무슨 문제가 있다고 학부모님이 오셨어요?"

"기빈이가 닭튀김 두 쪽 달라는 것을, '모두 한쪽을 주니 너도 한쪽이야.' 하고 배식했는데 자기 닭고기가 작다고 불만을 했어요. 잘 다독였는데. 그 사이에 핸드폰으로 아버지한테 고기를 조금 줬다고 일렀나 봐요."

"그럼, 한 쪽 더 주지 그랬어요."

"그래서 급식소에 남은 고기를 모두 얻어와 한 쪽씩 더 줬는데도, 자기만 고기가 작다고 불만을 하니, 학부모 입장에서는 불쾌했나 봅니다."

전후 사정 이야기를 듣고 삼사십 분 지났다. 오기빈 학생의 부모도 집으로 돌아갔을 시간이고 해서 경서는 학교 오후 순회를 했다. 건너편 2층에서 본관 뒷문으로 눈이 갔다. 누군가 몸을 숨기고 있는 것이 보였다. '저기는 사람들이 있는 곳이 아닌데.' 혹, 학생들이 수업 중에 나와 엉뚱한 짓을 하나 싶어 몸을 비틀어 다시 확인했다. 분명하게 누군가 몸을 숨기고 있었다. 조용히 확인을 해야겠다는 생각에 그곳이 보이는 곳으로 내려갔다.

'헉, 오기빈 학생의 아버지가 집으로 가고 없는 것으로 알고 있는데 이 무슨 장면인가!'

인적이 드물고 사람들의 눈길이 쉽게 가지 않는, 어둡고 침침한 벽에 학부모를 붙여 세우고 학생부장이 가슴팍으로 학부모가 보이지 않게 가리고 서있었다. 멀리서 보면 학생부장 등허리만 보이는 자세로 뭔가 서로가 의미심장한 분위기로 이야기를 나누고 있는 모습이었다. 오기빈 학생 아버지가 말하는 것이 아니라 학생부장이 열심히 명령 혹 지시하는 자세로 사람들이 볼까 살피는 조심스러운 태도로 말하는 장면이었다. 워낙 사람이 다니지 않는 곳이라 그들은 경서가 2층 복도에서 보고 있다는 사실을 알아챌 리가 없었다. 경서는 그들의 자세에서 이상하다는 생각을 하면서 이 상황을 모른 체 하기로 했다.

그런데 하필 오늘 장애 학생 오기빈이가 학교에서 사라진 것이다. 지난 주 금요일에 숨어서 본 오기빈 아버지와 학생부장의 대화 모습이 이상스러웠지만 대놓고, 음침한 거기서 무슨 말을 나누었느냐고 물을 수는 없었다.

오늘 아이가 사라진 일이 있고, 그 둘의 비밀스러운 대화 모습은 경서에게 의심의 마음을 키우기에 충분한 일이었다. 그러나 너무 비밀스럽게 대화하는 학생부장에게 묻기도 말하기도 어려워 '이상한 일이다.' 하며 혼자만 알고 있었다. 하루하루 살얼음판을 건너는 심정으로 학교에 출근했다.

시간이 지날수록 지나친 걱정이 아니라, 매일 일어나는 사건들이 우연한 실수로 미루어 두기에는 서로 엮이며 시리즈로 일어나는 것 같았다. 어쩌다 일어난 실수로 알고 넘어갈 수밖에 없도록 교묘하게 각색한 시나리오처럼, 적어도 이 학교 내에서 만이 아니라 지역사회와도 연결된 힘의 장난이 들어 온 것이라는 직감이 들었다.

실제로 S중학교 문재금 학생부장은 학교에서 일어나는 폭력에 연루되거나 폭력을 써서 학생과로 지도받으러 오게 되면, 문재금의 조직원이 될 수 있었을 것이고, 언제나 조직원으로 데려갈 수 있는 아주 물 좋은 직장이고 훌륭한 배경이었다. 어딜 가나 학생생활지도 부장 명함을 내밀 수 있는 점잖은 사회일원이었다.

더 빛을 발하는 것은 문제 학생들을 지도한다는 명분 아래 문제 학생들의 학부모와도 깊숙이 연대했다. 문재금은 학교 밖에서는 사적으로 뭉친 그들만의 조직을 관리하며, 견고한 성을 쌓아가고 있을 거라는 경서의 생각이 결코 비약적인 것은 아니라는 확신이 들었다.


 지난 금요일 일을 생각하며 '이 문제의 해결은 어떻게 해야 하나?' 생각이 많은데, 교장실 문을 두드리는 노크 소리가 들렸다. 창밖을 멍하니 바라보던 경서는 자세를 고쳐 앉았다.

 "들어오세요."

 "교장 선생님, 오기빈 학생 담임입니다." 하고 서 선생이 들어섰다.

 "어서 이리로 와 앉으세요. 서 선생님, 기빈이 일로 자주 봅니다. 지난번 급식실 일도 오늘도 마음 많이 졸이셨죠? 기빈이와 이야기는 나눠 보셨어요?"

 그때 마침, 7교시 종이 울렸다.

 "서 선생님, 수업은 없나요?"

 "네, 그런데 방과후수업 준비가 필요해서요."

 "그러면, 오기빈가 왜, 어디로, 어떻게 다니다가 또 무사히 돌아올 수 있었는지 나눈 이야기만 전하고 얼른 수업 들어가세요."

 "오기빈이가 반포에 있는 작은아버지 집에 갔다 왔답니다."

 "그래요? 학교에 있다가 왜 갑자기 작은아버지 집에 가려고 했데요?"

 "그냥 갔다고 합니다."

 "그냥 갔다니, 참 이상하지 않으세요? 외형만 멀쩡하지 혼자 여기저기 찾아다닐 만큼 분별력이 있지는 않았잖습니까? 그럼 어떻게 거기까지 갔대요?"

"교장 선생님, 이것저것 물으니 입을 꾹 다물고 대답을 하지 않았어요. 몇 번 애를 쫓아다니며 묻다가 또 다른 문제가 생길까 걱정스러워서, 그럼 이야기하고 싶을 때 나한테 말해 달라며 끝냈습니다."

"선생님, 아무리 그래도 그렇지. 어떻게 그곳까지 혼자 갔는지는 알아보셨어야지요?"

"아뇨, 묻지 않았어요. 제 자신이 오기빈이가 돌아온 것만도 너무 반갑고 고마워서 잘 갔다 돌아온 것을 칭찬했어요. 그리고 이런 아이들 경우 갑자기 작은아버지 집에 가고 싶다는 충동이 일면 막무가내로 나갈 수도 있으니까요. 다음부터는 선생님께 말씀드리고 가야 한다고 여러 번 약속하고 끝냈습니다."

"선생님, 방과 후 준비도 해야 하니, 그럼 지금 교실로 가셔서 오기빈를 내게 보내 주세요."

"네, 곧바로 데려다 놓고 가겠습니다. 엉뚱한 곳으로 갈까 봐서요." 하며 약간은 자신에게 실소를 보내는 표정으로 나갔다. 교장실과 교실은 한 칸 건너에 있다. '엉뚱한 곳'이라 말한 선생이 놀란 마음을 바로 보여서 민망한 생각이 들은 것 같았다.

교장실은 행정실 건너 바로 장애학급 교실과 나란히 있다. 평소 장애학생들이 교장실에 자유롭게 드나들기도 한다. 그러니 자연스럽게 교장은 장애학급 아이들에게 과자를 나누어 주기도 하고 주스를 주기도 하며, 서로 약간의 친밀감이 형성되어 있었다. 아이들이 교장실로 들어와서 "교장 선생님 영철이가요 나를 때려요." "기빈이가요, 내 가방을 발로 찼어요." 등등 교실에서 일어난 일들을 일러주기도 했다.

경서는 오기빈 학생 담임이 나가자 얼른 자리에서 일어나 냉장고에 있는 주스와 초코파이, 행정실에 비치된 손님 접대용 과자에다 사탕까지 한 접시 보이지 않게 챙겨놓고, 기빈이가 오기를 기다렸다. 똑똑, 문 두드리는 소리가 들렸다.

"교장 선생님."

"왔어요? 어서 들어오세요."

중학교 1학년으로는 키가 제법 크고, 얼굴도 꽤 균형 잡혀있는 좋은 인상의 기빈이가 머뭇거리며 선생님 뒤를 따라 들어왔다.

경서는 평소와는 약간 다르게 오버한 자세를 취하면서 반갑게 두 팔을 벌려 "기빈이가 왔구나! 먼 길 갔다 오느라 고생 많이 했지? 어디 보자 다친 데는 없나?" 하며 살짝 아이를 안아준 후, 쇼파에 앉으면서 기빈이도 함께 앉게 했다. 기빈이가 자리를 잡자 담임은 문을 스르르 닫고 나갔다. 경서는 한껏 다정한 목소리로 "기빈아, 작은아버지 집이 반포에 있었구나. 먼 데를 혼자 잘 다녀왔네." 아이는 입을 꾹 다물고 대답할 생각이 없어 보였다.

"아침에 니가 없어져서 엄마 아빠 선생님 모두 너무 걱정했잖아~, 교장 선생님도 이렇게 너무 걱정을 했는데, 기빈이 너네 엄마 아빠는 오죽했겠어?"

"……."

"혼자 어떻게 거기까지 갈 수 있었니?"

"……."

"작은 집에는 동생이 있니?"

"……."

"누구랑 놀았니?"

"……."

"뭐하고 놀았니?"

"……."

"재미있었어?"

"……."

기빈이는 무엇을 물어도 대답하지 않을 자세로 여전히 입을 꾹 다물고 표정 없이 멀뚱멀뚱 눈알만 굴리고 있었다.

"그래, 기빈이는 아무 말도 하고 싶지 않아요?"

"……."

"응, 알았다. 기빈이 주려고 꽁꽁 숨겨 둔 것이 있지."

기빈이의 멀뚱거리던 눈이 호기심을 보이며 경서의 움직임을 쫓았다. 과자 접시, 초코파이, 주스를 탁자 위에 올려놓자 기빈이의 손이 냉큼 나오며 굳어진 표정이 약간 풀렸다.

"그래, 기빈이 주려고 교장 선생님이 숨겨 두었지. 뭐 먼저 먹을래?"

경서는 기빈이에게 초코파이를 한 손에 들려주었다. 기빈이는 다른 손으로 주스를 잡으려 내밀었다. 경서는 얼른 다른 손에 주스를 잡도록 밀어주고 초코파이 봉투도 주스 뚜껑도 따 주면서 조금 전에 했던 질문을 다시 시작했다.

"작은아버지 집에 동생은 있어? 엄마 아빠랑 자주 다녔니?"

"아니요."

"그럼 작은아버지 집에는 왜 갑자기 가려고 했니?"

"어제 아빠랑 작은아버지 집에 갔다 왔어요."

"그럼 오늘은 혼자 갔다 온 거니?"

초코파이를 한 입 베풀고 고개를 끄덕였다.

"혼자 버스 타고 갔다 온 거니?"

고개를 흔들고는 얼른 주스를 마시기 시작했다.

"혼자 어떻게 갔다 온 거니?"

놀란 눈으로 되묻자, 아이가 흘린 주스를 얼른 팔로 문질러 쓱 닦는다. 휴지를 한 장을 빼, 옷과 입을 닦아주고 눈을 마주치며 대답을 기다렸다.

"택시 타고 갔어요."

빠르게 또 과자를 하나 집어 들고 까기 시작했다. 경서는 과자를 먹기 좋게 손에 들려주면서 다시 물었다.

"어제 아빠랑 돌아올 때도 택시 타고 왔어?"

기빈이는 아무렇지도 않는 듯이 시큰둥하게 대답했다.

"택시 타고 왔어요."

"기빈이가 오늘은, 어제 아빠랑 같이 갔던 곳을 혼자 가서 돌아왔단 말이지?"

재차 묻자, 고개만 아래 위로 끄덕이고 또 주스를 마시는 것에 마음을 빼앗겼다.

경서는 흘리는 주스를 닦아주었다.

"그럼 오늘, 학교로 돌아올 때 누가 기빈이를 택시에 태워 줬어? 작은 아버지가 택시를 태워 주셨어?"

"택시가 그냥 있었어요. 앞에 있었어요."

"택시를 작은아버지가 부른 것이 아닌데 앞에 택시가 있었고, 그냥 택시를 타고 왔다는 말이지?"

기빈이는 빙긋 웃으며

"어제도 아버지랑 작은아버지 집에 택시 타고 갔어요. 택시 타고 왔어요."

아이는 갔다 왔다는 말을 번갈아가며 설명했다.

"기빈이가 어제 아버지랑 여기서 택시 타고 작은아버지 집에 갔다가 다시 거기서 택시 타고 돌아왔다는 거지? 그리고 오늘은 어제랑 똑같이 작은 집에 갔다 온 거구? 어제 아빠랑 갔는데 오늘도 혼자 갔다 왔다는 거구나?"

아이는 고개를 끄덕이며 자랑스러운 표정을 지었다.

"기빈이가 작은아버지 집에 잘 다녀온 거, 엄마 아빠가 칭찬 많이 했겠다. 그렇지?"

고개를 끄덕인다.

"아빠 엄마가 아주 잘 했다고 했어요."

"기빈이가 잘 돌아와서 기쁘긴 했겠지만, 그래도 엄마 아빠는 네가 갑자기 없어져 걱정되었다고 혼내지는 않았어? 다음부터 이러면 안 된다고 나갈 때는 알리고 가라고 혼나지는 않았어?"

고개를 좌우로 흔들었다.

"아주 잘했다고 했어요."

"그래, 교장 선생님도 기빈이가 잘 돌아왔으니, 칭찬해야겠다. 기빈아, 아주 잘했어."

기빈이의 관심은 먹는 것에 쏠려있었다. 경서는 오늘, 기빈이가 등교 후에 갑자기 사라진 상황에 복선이 깔려 예사롭지가 않다는 생각이 또 들기 시작했다.


오기빈의 아버지는 대체 뭐 하는 사람인지 모르겠다. 외모는 미련해 보이지 않으면서 듬직하고 점잖은 느낌을 주는데, 그 모습과는 다르게 장애학급에서 하는 역할이 항상 피해 의식에 절어 부당한 요구를 하는데 앞장섰다. 또 본인의 주장이 바르지 않으면서도 장애인의 권익과 복지를 위해 내는 정의인 것 같이 앞에 나서기는 하나, 누군가에게 조종을 당하는 면이 엿보였다.

나라에서 장애인을 보살피는 가정에 주는 돈을 받기 위해, 자신의 주민등록에 장애인 아이를 여덟 명이나 올려놓고 있다는 것도, 학교의 교육과정에 말도 안 되는 반대로 교사를 괴롭히는 것도, 정직하지 못하고 편법에 익숙한 것도, 장애인의 피해 의식을 부추겨 비장애인과 교사를 괴롭히는 것이 그렇다. 왠지 전면에 나서지 못하는 악역에게 조정 당하는 끈 달린 나무인형의 영혼 없는 몸짓으로 보였다. 그렇게 하는 것이 장애인 권익을 대변하는 듯이 하면서 자신의 이익을 위해 장애인을 이용하는 얄궂은 모습이다.

오늘의 문제도 장애학급 학생이 학교에서 등교 후 없어지면, 장애인

171

단체와 지역사회에 교장의 학교관리 문제로 이슈화해 학교를 뒤집어 놓을 수 있다고 생각하고 시작한 것 같다. 경서는 학교에 일어나는 작은 사건들이 나를 겨냥한 것인가? 하는 생각이 들기 시작했다. '왜 나에게?' 좀 더 꼼꼼히 주변과 일을 살펴보아야겠다는 생각이 다짐으로 굳어졌다.

경서는 앞에 있는 인터폰을 눌렀다.

"장애학급 1실입니다."

"서 선생님, 기빈 학생 교실로 데려가세요."

곧바로 노크 소리와 함께 서 선생이 들어왔다.

"기빈아, 교실로 가자."

서 선생은 기빈이와 다정하게 손을 잡고 나갔다.

여기저기 흩어져 있는 과자 부스러기와 주스 병을 치웠다. 탁자 정리를 한 후, 경서는 오늘을 시작에서부터 다시 생각해 봐야 할 것 같아 책상 앞에 앉았다. 아침에 읽으려던 신문은 읽을 시간 부족으로 책상에 널브러져 있었다.

경서는 자리에서 일어나 운동장에서 뛰노는 아이들을 물끄러미 바라보았다. '저렇게 신나고 즐거운 곳이 학교라야 하는데….' 경서의 시선이 과거로 흐른다. '처음 교사 임용을 받았을 때, 그때의 기쁨과 포부, 희망. 그래! 다시 그 맘으로 돌아가는 거야.' 경서의 눈에 지나간 일상들이 파노라마처럼 담겼다. 운동장에 있는 아이들이 별처럼 반짝였다. 뭉클함에 눈을 감았다. 볼을 타는 뜨거움이 목까지 흘렀다.

경서는 교감과 학생부장을 불렀다. 아무렇지도 않다는 표정으로 교장실로 들어서는 교감을 보는 순간 경서는 자신도 모르게 '욱!' 하고 소리를 높일 뻔했다.

"교감 선생님, 내가 아홉 시 출장 전에 순회하고 가긴 했지만. 어찌 3교시까지 아이가 사라진 것을 모르고 계셨어요? 아이가 들어왔기에 망정이지, 무슨 이런 일이 있어요?"

"……."

"상담할 때, 아버지는 뭐라 하셨어요?"

"처음 상담 시작할 때는, 동네에 아이가 있을 테니 걱정 말라고 진정시켰습니다. 그런데 듣는 듯하더니, 한 시간쯤 지난 다음부터는 소리를 높이고, 학교 책임이라며, 애 이름을 부르며 드러누웠어요. 저는 아무 말도 못하고, 애 찾아내라는 말만 듣고 있을 수밖에 없었습니다."

"그 외, 다른 말은 하지 않으셨나요?"

"아이가 없을 졌을 때, 학교에 내려지는 징계를 궁금해 하고 걱정했습니다."

"애가 없어졌는데 실종 신고를 할 생각이나 하지 웬 학교장 징계를 알려고 하지? 참, 이상한 학부모네요?"

"교감 선생님은 더 이상 보고할 일 없어요? 없으면 일단 가보시고, 아이들 하고 후에 다시 이 문제에 대해 논의해 봅시다. 그리고 학생부장님 잠시 계세요. 오늘 출장에서 논의한 문제도 있고 하니."

교감은 머뭇거리며 학생부장과 눈을 한 번 마주치더니 나갔다.

"학생부장님, 이리 가까이 와 앉아보세요."

"네. 교장 선생님, 많이 놀라셨죠? 저도 처음엔 아버지의 행패가 감당이 안 되더라고요."

"교감과 상담할 때는 소리를 지르더니, 학생부장이 설득을 어떻게 하셨기에 조금 잔잔해졌어요? 뭐라 설득하셨어요?"

"아, 뭘요? 오늘은 교장 선생님도 부재중인데, 교감 선생님만 힘들게 생겼다. 담임도 문제가 될 것 같고, 교장 선생님은 출장 중이니 어쩔 수 없는 상황이라, 모든 책임에서 자유로울 것 같다. 교감이 어려워진다는 사실을 알려줬어요."

"그 말을 듣고 기빈이 아버지께서 뭐라 했어요?"

"고개만 끄덕이더니 나가서 담배 한 대 피우고 들어왔어요. 그때 교장 선생님이 교감 선생님을 찾는다는 전갈을 받아서 잠시 상담이 멈춰졌습니다. 그런 다음, 오기빈 아버지께서 잠잠히 계시다가 나가 통화하는 것 같더니 갔습니다."

"학생부장, 수고하셨어요. 그런데 그 아버지가 어디로 갔어요?"

"그래도 애가 들어와서 정말 다행입니다."

"그렇지요"

경서는 별문제 없는 듯이 답하면서 지난 금요일 기빈이 아버지가 상담 후, 학생부장과 은밀하게 서서 나누던 그들만의 의중이 약간은 집히기도 했다. 만약 경서의 생각과 같다면 오늘 출장으로 인해 그들의 기획된 작품이 도중에 끝날 수밖에 없었던 것이다.

# 충동질 당한 오무성

오무성이 하수구 구정물을 던진 사건이 일어나기 사흘 전에 꾼 꿈.

경서는 우리를 이끌어야 하는 전직 대통령이 무책임하게 자살했다는 사실을 인정하기 싫었다. 그래서 생전에 노무현 대통령의 꾸밈없는 소박함을 좋아했던 마음도 수그러져갔다. 그러나 사람들은 노무현 대통령의 추모 열기로 뜨거웠고, 세상을 뜬 곳 부엉이바위에 대한 이야기가 분분했다. 경서는 부엉이바위 소리는 들었지만, 어떤 모양의 산인지 알지 못하였고 알려고도 하지 않았다. 그런데 난데없이 자신이 부엉이바위를 올라가는 꿈을 꾸었다.

부엉이바위 정상에 올라서기 바로 전, 언덕에 쉴 수 있는 약간 넓은 너럭바위가 있다. 그 바위에서 조금만 오르면 작은 소나무가 서있는 정상에 올라서게 되어 있었다. 경서는 정상으로 '한 번 더 올라가면 되는데…' 하는 아쉬움을 가졌으나 올라가지 못하고 정상 바로 아래, 너럭바위에서 부엉이바위 정상에 있는 소나무를 쳐다보고 있었다. 계속 마음으로 '5분에서 10분 정도만 오르면 정상인데…' 하며 아쉬운 마음으로 정상만 쳐다보았다.

그런데 그 정상에 있는 소나무에 누렇고 큰 황소의 네 다리가 소나무 가지 사방에 묶여 등을 하늘로 향하고 매달려 있었다. 경서는 크고 멋진 황소가 너무 힘들겠다, 누가 저리 매달아 놓았을까? 하며 눈을 떼지 못하고 정상을 오르지 않고 멈춰 섰다. 그때 하늘에서 헬리콥터 한 대가 바람을 가르고 황소 등위에 내려앉는 것을 보았다.

경서는 왜 여기 헬리콥터가 왔을까? 생각하는 순간, 그 너럭바위 옆에 작은 굴이 하나 보였다. 작은 동굴 속에서는 좌편에 네 명, 우편에 네 명. 총 여덟 명이 있었는데, 그들이 시커먼 황소를 좌우로 나누어 어깨에 메고 동굴 안으로 들어가 숨어버리는 것이었다.


태권도부에서는 학교예산을 상당 부분을 지출하고, 학부모가 낸 운영비에서 학생경기 참가에 따른 비용이 나갔지만 크게 결과가 나지 않았다. 그럴 수밖에 없는 것이 오무성 태권도 담당 체육부장은 전국에 경기가 열리는 곳마다 태권도부를 참가시켰다. 훈련은 하지 않고 대회에만 참가하는 것이었다.

학교에서 코치를 관리하는 체육부장이 항상 무슨 정치하는 사람들에게 빌붙어 얼굴을 내밀어야 하는 술자리에 있을 때가 많았다. 그러니 연습은 게을리 하고 결과물이 없기에 딱 맞춤이었다. 그러자 보다 못한 김노환 체육 교사가 오무성 교사의 경기 출장 횟수를 줄일 것을 불만스럽게 전해왔다. 일 년에 두세 번 나가는 럭비 경기 출전 출장비를 걱정했다. 경기 실적은 없고 출장만 다니는 오무성을 말려야 했다.

오무성 체육부장은 K도 G시에서 열리는 경기 참가를 위해 그날도 출장을 내려왔다. 출장 다녀온 지 사흘도 지나지 않았는데, 경기의 성과도 없기는 마찬가지였다.

"지난 경기 후, 피곤도 풀리지 않았을 텐데. 이번 출전은 뒤로 미룹시다. 며칠간, 전 경기에서 부족했던 점과 잘했다는 점을 보강 훈련하는 시간 가진 뒤, 다음 경기에 참가합시다."

그러나 오무성이 얼굴을 똑바로 쳐들고 대들 듯 말했다.

"이 경기에는 꼭 출전해야 합니다."

"지난 경기 분석도 않고, 훈련도 안 한 상태에서 나가봐야 또 같은 결과가 나올 게 뻔하지 않습니까? 훈련 후에 다시 출장 올리세요."

"출장가야 합니다."

"지금까지 잦은 경기 참여에도 뚜렷한 결과가 없었는데, 훈련도 안 된 이 출장을 왜 꼭 가야하는 이유를 말씀하세요."

오무성은 화가 났는지, 한동안 씩씩거리다가 밖으로 나갔다.

조금 지나 2층 교무실에서 엄 주무관이 내려왔다.

"교장 선생님, 오무성 선생님이 얼굴이 뻘개가지고 막 소리 지르고, 교장 선생님 욕을 하면서 시끄럽게 하는데 어떻게 하지요?"

"말리는 선생님은 아무도 없어요?"

"너무 흥분해서 옆에 아무도 갈 수가 없어요."

"알았어요. 진정할 때까지 가만히 뒤 보세요."

얼마 후, 엄 주무관이 다시 와서 전했다.

"문재금 학생부장과 3층 교무실로 갔어요."

그 말을 듣는 순간 '3층에는 진지아 재량활동 부장이 있는데.' 하는 생각이 스쳤다. 그렇다면 오무성을 진정시키는데 도움이 될 게 없었다.

진지아는 교무부장에서 재량활동 부장이 되어 별관으로 근무 자리가 옮겨져 있었다.

아무튼 문재금 학생부장과 진지아 재량활동부장이 오무성과 무슨 대화를 했는지 시끄러운 것은 끝이 났다. 그러나 그게 다가 아니었다. 경서는 교무실과 특별실에서 작당되어 '오무성'이가 사건을 실행에 옮기러 온다는 것을 느끼지 못한 채 기간제 양호교사 채용을 위해 면담을 한 뒤 자리를 정리하고 있었다.

그때였다. 문재금 학생부장이 들어와 별 시답잖은 질문을 하고 나갔다. 그리고 조금 있다가 여이화 교무부장이 들어왔다. 여이화가 느닷없이 말했다.

"교장 선생님, 도이만 교감 선생님을 붙잡으세요. 그분을 교장 선생님 편이니 꼭 붙잡으세요."

"교감이 뭐 따로 누구 편인가요? 무슨 말을 하시는 거예요?" 하자 여이화 교무는 밑도 끝도 없이 "교장 선생님, 도이만 교감을 꼭 교장 선생님 편으로 하세요." 하고 나갔다.

경서는 의아했다. '왜 무슨 일로 아무 문제가 없는 도이만 교감을 내 편으로 하라 마라 하지?'

경서는 '참 이상하다.'는 생각을 했지만, 갑자기 교장이 '교감은 내 편이 되어주세요.'라고 말할 아무런 이유나 원인이 없었다. 그래서 이상하다는 생각이 있기는 했지만 항상 일상적으로 또 다른 학교의 문제이려니 했다.

그 일이 있고 잠시 학교가 잠잠해져 여이화 교무부장과 문재금 학생부장이 학교 학생문제와 교무일정에 관련한 협의를 하겠다고 교장실로 왔다. 학생부장과 교무가 자리에 앉아 협의회를 시작해, 학생지도부 수련회 일정을 결정하기 직전이었다. 오무성이 손에 작은 석유통을 들고 교장실 문을 우당탕 벌컥 열어젖히더니, 눈 깜짝할 새도 없이 통에 들은 것을 앉아있던 경서에게 뿌렸다.

하수구의 구정물이었다. 문재금이 전 학교에서 김연자 교장에게 했던 행패와 똑같은 방법으로 사건을 일으킨 것이다. 경서는 그 자리에서 고개도 까딱하지 않았다. 놀라지도 않았다. 반사적으로 벌떡 일어나 앞에 있던 휴지통을 집어 오무성을 향해 잽싸게 날려버렸다. 분노가 폭발하는 경서의 새빨간 동공이 오무성의 눈알에 그대로 박혔다. 오무성은 경서를 정통으로 맞히지 못했다. 경서는 크게 젖지 않았다.

놀란 여이화 교무가 어디서 수건을 가져왔는지, 경서의 어깨와 머리의 물을 닦았다. 이것은 증거물이에요 하면서 어디서 났는지 비닐봉투에 담았다. 경서는 속으로 '그 증거물이 무슨 도움이 될까?' 하는 생각이 들었다.

여이화 교무부장이 말했다.

"교장 선생님, 이 사건을 교육청에 알려야 하나요? 어떻게 해야 하지요?"

"교무부장, 나 이 앞에 있는 목욕탕에 가서 샤워하고 올 테니 교육청에 갈 준비를 하세요."

"교장 선생님, 교육청에 알리시게요?"

"그래야지. 어떻게 할 수 없잖습니까?"

경서는 이 일을 감춘다고 저들이 모를 수는 없다고 생각했다. 교육청으로 향했다. 교무부장이 증거물이라고 오물통과 오물에 젖은 수건을 챙겼으나, 경서는 이 도시의 경찰을 믿지 못했다. 올봄에 교육장도 바뀌어 조재광 교육장이 이었다. 그는 C교대를 출신의 체육과 교육장이었다.

"교장 선생님의 잘못은 눈곱만큼도 없어요."

여이화 교무부장의 거듭된 설명에 경서가 말했다.

"교육장님, 저는 이 일을 조용히 끝내고 싶습니다."

조재광 교육장이 경서를 쳐다보았다.

"이렇게 보고된 것은 조용히 넘어갈 수 없습니다."

조 교육장은 저들의 조직이 잡은 물고기를 요리할 준비를 하는 태도였다. 이미 교육청의 전임 인종수 교육장과 이미진 교장과 이승원 교감과 조율이 된 듯한 조 교육장에게 여이화 교무부장이 교장에 대해 계속된 억울함을 호소해도 서로 그렇게 말하기로 약속한 듯이 허공에 뜬 소리 같았다.

이들의 행동대원인 문재금은 행동의 방법을 전수했고, 진지아와 오무성은 뜻을 같이 해 특히 진지아가 '뭘 망설이냐? 하려면 얼른 하지!' 하고 부추겼다는 이야기를 전해 들었다.

진지아가 이 사건 후, 교장실로 와서 들으라는 듯이 말했다.

"힘이 아닐 때는 무릎을 확 꿇어야지!"

냉소를 보내는 모습을 보면서 경서는 '학교 교육에는 마음이 없고 권력에만 빌붙어 완장을 차는 질서에만 쫓는 나쁜 년.' 하고 속으로 욕했다. 진지아는 전교조 해직교사가 되기 전에 교사를 세뇌 교육하던 방법을 백분 활용하여 오무성을 충동질했다고 스스로 말했다.

문재금은 S중학교에 이미진 교장이 학생부장으로 차출하여 꽂기 전에 '교사징계'를 받아 좌천되어 있었다. A향우회의 일원이고 S중학교에 경서가 온다는 것을 알고, 교육장의 부탁으로 발령을 냈던 것이었다. 문재금이 S중학교 학생부장으로 오기 전에는 S시 Y중학교에 있었다.

그 학교에 이연자 교장이 왔는데, 이연자 교장은 과학을 전공한 사람으로 치밀한 부분이 있었다. 각부서 예산안을 세우기 위해 전년도 예산사용을 확인하는 과정에 체육부 예산 처리에 많은 문제점을 알았다. 회계 비리를 바르게 해결하려 자꾸 파헤치니 교육청에서 그만 멈출 것을 여러 사람을 통해 에둘러 전달되었다고 했다. 그러나 체육과 회계를 보면 볼수록 비리가 크다고 느낀 이연자 교장은 계속 따지고 들어갔다.

그때 학교에 사건이 터졌다. 행동대원은 바로 문재금이었다. 오무성이 경서에게 한 짓과 똑같은 짓을 이연자 교장에게 했다는 것이었다. 구정물 통을 들고 가 이연자 교장이 앉아있는 곳에 뿌렸다. 이연자 교장은 창피하고 자존심이 허락하지 않아 교내사건으로 조용히 넘어가려고 했다. 그런데 교육청에서 미리 알고 이것을 조사한다면서, 학교장의 리더십을 문제 삼아 이연자 교장을 다른 학교로 보냈다. 오무성 또

한 징계를 받아 좌천되어 집에서 먼 곳으로 발령이 났었다.

일 년 뒤, 이미진 교장은 징계 중에 있던 문재금을 동향의 A향우회이니 S중학교 학생부장으로 보내 주라는 교육장의 비공식 부탁을 받았다. 이미진의 뜻대로 이루어진 셈이었다. 문재금은 자신이 행했던 일을 자랑스럽게 떠들었다. 오무성에게 교장을 엿 먹여도 A향우회와 윗선이 개입되면 B도 교육청에서는 멀쩡하게 학생부장 노릇할 수 있다는 것으로 안심시키면서 행동할 것을 부추긴 게 틀림없었다. 오무성은 자신의 노력보다 권력의 하수인이 되어 힘을 누리는 길을 선택했다.

다음 날, '체육과의 잦은 출장을 거절한 교장에 오물 투척'이란 제목으로 경기도의 K일보와 G일보에 대서특필 되었다. 그리고 인터넷에서 경서에 대한 악플이 500개가 달렸다. S중학교의 J도 K시 출신의 박영수 교사가 결재할 일이 있어 교장실로 왔다가 조심스럽게 이 사실을 얘기했다.

"교장 선생님, 절대로 인터넷에 달린 악플들을 읽지 마세요. 교장 선생님과는 정말 상관없는 글들입니다. 저도 옛날에는 멋도 모르고 신문이나 뉴스에 난 사건만 보고 댓글을 달았는데 이번에 교장 선생님을 보고 난 후엔, 다시는 댓글을 달지 않겠다고 결심했습니다. 절대 읽어 보지 마세요."

진심어린 걱정으로 거듭 당부하며 나갔다. 이 시기는 인터넷의 악플로 '최진실' 배우가 자살한 지 얼마 되지 않았고 '노무현' 대통령이 자살한 지도 얼마 지나지 않았던 시기였다. 경서는 '그들이 무슨 여론몰이를 하는가.' 궁금했다. 사건의 진실에 얼마나 가까운 욕을 했을까도 궁금했다. 그래서 집에 와서 오백여 개 댓글을 모두 읽었다. 거짓으로 가득 찬 말들이 어이가 없었다.

　그 댓글 속에는 경서가 한 일이라고는 하나도 없었고, 진실이 오도된 참으로 어처구니없는 글들이었다. '세상이 모두 몰라도 하늘과 자신은 알고 있는데 힘을 쫓느라 되먹지 못한 놈들이 하는 소리에 경서는 충격을 받는 것은 어리석은 짓이다.'라는 결론을 내렸다. 그런데 경서는 댓글을 읽으면서 이 댓글들은 사실이 아니라는 것에 억울함이 하늘을 찌를 것 같았다. 그렇다고 자살해서 생을 마감하기에는 더 억울했다. '내가 죽으면 그들은 모든 잘못을 내게로 넘기고 더 뻔뻔해지겠지?' 하는 생각이 들었다.

　경서는 그 상황에서도 '최진실'은 '왜 자살을 택했을까?' 생각해 보았다. 아마 '최진실 주변의 가장 가까이 있는 사람들이 소문과 댓글을 믿고 그녀를 의심하지 않았을까?' 그렇다. 경서는 학교 교사들이 경서를 죽음으로 몰아갈 만큼 의심하지 않았고, 오히려 많은 선한 교사들이 조용히 경서에게 와서 신뢰를 보여 주었기에 견딜 수 있었다.

　"교장 선생님 그 댓글은 모두 거짓인 줄 우리가 알고 있습니다. 모든 소문에 걱정 마시고, 하시던 대로 학교 운영을 해주세요."

　"교장 선생님이 잘못하신 것 아무것도 없습니다."

　오히려 경서가 더 단단해지는 계기였다. 경서는 자신과 가장 가까운 곳에서 근무하는 선하고 일반 상식을 벗어나지 않는 절반 이상의 교사와 학부모들의 격려와 믿음에서 용기를 얻었다. 그래서 마구잡이 거짓으로 올려진 댓글로 인한 충격을 완충할 수 있었다.

시교육청에서 윗 기관인 B도 교육청으로 학교 사건이 보고되었다. 당연히 오무성 교사에 대한 징계도 논의되었다. 경서는 교육청에 '문제의 교사에게 징계를 주되, 학교장은 인사이동하지 않았으면 한다. 이 일로 학교장이 자리를 옮기면 학교장의 잘못이 있는 것으로 오인할 수가 있으니 근무 기간을 다 채우기를 원한다.'고 전했다. 윗선에서는 그 어려운 학교에 남겠다는 경서를 이해하지 못했다. 그러나 경서는 이 사건을 피하여 자리를 옮기고 싶지는 않았다. 또 3년 넘게 노력해서 교사들 분위기와 교육과정이 매우 안정되어 가고 있었기에 교육부에서 공모하는 '우리나라 100대 교육과정 공모전'에 올리고 싶은 생각이 있었다.

# 문재금과 아이들

오무성 사건이 난 후, 이들의 악의적인 마음이 외부로 드러난 것이 표출되자 지금까지 발톱을 숨기고 있던 문재금이 경서를 찾아왔다. 이승원 교감 무능과 병신이라고 욕만 해대던 것을 그날부터는 교장이 없는 교무실로 가서 교감과 교사들 들으라고, 세상 들어 보지도 못한 쌍욕을 교장에게 해대기 시작했다.

그 욕을 듣다듣다 더는 들어주기가 힘들었다는 고운심 교사가 "학생부장님, 교장 선생님이 어디가 얼마나 잘못하셨기에 그렇게 욕을 하십니까? 3년을 같이 근무해서 잘 아실 텐데, 그렇게 욕먹을 분이 아니지 않습니까?" 했더니 문재금 학생부장이 책상 서랍에서 '단도'를 꺼내 고운심 선생 책상 위로 던지는 사건이 일어났다. 경서는 교장실에 있어서 몰랐다.

어느 선생이 급히 교장실로 들어와 문재금 교사의 행패를 전했다. 경서는 속이 떨렸다. 고운심 선생이 얼마나 놀랐을까? 걱정이 되었다. 고운심 선생은 얼마 전에 일어난 사건 등등으로 교장의 마음을 헤아려 알리지 않으려 했고, 보고도 하지 않고 가만히 있었던 사람이다. 모두 쉬쉬하고 있는데 경서는 이 학교가 깡패 집단을 기르는 것도 아닌데, 정말 문재금 교사를 어떻게 해야 하는가 하는 고민이 생겼다.

경서는 먼저 문재금 학생부장이 던지는 칼을 옆에서 보고 있었던 기술가정 노예복 교사를 불렀다.

"노 선생님, 문재금 부장이 하신 일을 보셨지요?"

"전……."

"노 선생님, 경찰서에서 증인이 필요하다면 오늘 보신 것을 말씀해 줄 수 있어요?"

"아뇨! 교장 선생님, 전 아무 것도 못 봤습니다."

문재금 교사 책상 바로 밑에 앉아서 보았는데도 증인이 되어주기에는 자신의 입장이 두려웠던 것이다. 경서는 S시 경찰을 믿을 수도 없지만, 그래도 고운심 교사의 뜻이 고발하기를 원한다면 경찰서로 고발하려 했다. 그래서 노예복 교사를 보내고 고운심 선생을 불렀다.

"선생님, 매우 놀라셨지요? 괜찮으세요?"

"교장 선생님, 괜찮습니다."

"그럼, 고 선생님 제가 이 일을 경찰에 고발할까요? 고 선생님이 불편하지 않으시다면 고발하려고요 선생님의 뜻에 따라 처리하려 합니다."

"교장 선생님, 고발하지 않으셔도 됩니다."

"혹시, 내일 너무 몸이 좋지 않으시면 하루 병가를 내세요."

"교장 선생님, 내일 봐서 몸이 좋지 않으면 그렇게 하겠습니다."

고 선생에게 참으로 미안한 마음이 들었다. 교장이 약해 보여 저렇게 안하무인으로 날뛰는 무뢰한들을 어찌하지 못하고 있는 경서는 자신의 처지와 권력이 없는 주변이 슬펐고, 여우같이 피해가지 못하는 자신이 한심하기도 했다.

이런 좌충우돌 속에 학교에서 행정실의 방해로 대청소를 못하고 지나갔던 것을 청소업체를 불러 대청소를 했다. 그리고 각 교실에 손잡이가 작은 청소기와 교실 전체 청소를 위한 대형 전기청소기를 지급했다. 교실의 실내 공기의 질도 좋아졌다.

학교의 낙후한 화장실도 리모델링했다. 화장실 청소도 청소 담당하는 용역을 주었다. 복도에 화장실 냄새도 줄고 화장실에서 담배 피우던 학생도 줄었다. 화장실과 교실 실내가 많이 깨끗해져서 학생들의 생활에도 작은 변화가 일기 시작했다.

오무성 교사 사건 이후로, 검은 티셔츠 입은 학생들 중심으로 급식실의 영양사를 계속 괴롭혔고, 교내 화장실에 갑자기 낙서가 되기 시작했다. 리모델링한 지 한 달이 안 된 화장실에 너무나 의도적인 낙서가 시작되었다. 그 낙서는 아침 일찍이 학교에 와도, 언제 와서 그랬는지, 화장실 벽에 마구 갈겨져 있었다. 화장실 청소해주는 직원이 말했다.

"교장 선생님, 너무 이상합니다. 이건 한두 명 학생들의 짓이 아닌 것 같습니다. 누군가가 일부러 시키는 것 같아요. 그 아이들을 찾아야 할 것 같습니다."

오무성 교사 사건 이후, 학생부장과 거리를 두었다. 열심히 학교순회와 관리를 더 철저히 하는 데도 경서의 노력으로는 역부족이었다. 하는 수 없이 학생부장을 불렀다.

"학생부장은 계속되는 화장실 낙서 사건을 어떻게 해결해야 할 것 같습니까?”

“찾도록 하겠습니다.”

교장실을 나간 다음 날, 오전 11시쯤 청소하는 직원이 놀란 얼굴을 해서 교장실로 들어왔다.

“교장 선생님, 누가 그랬는지 교장실에서 행정실 사이의 복도에 반설사 똥을 다섯 무더기를 싸놓았어요! 그래서 제가 지금 치우고 왔습니다.”

학교에서 일어날 수 없는 일이 일어난다고 가슴이 뛴다면서 경서가 모르는 사이에 일어난 일을 전했다.

“교장 선생님은 조용하시고 교사들에게도 직원들에게도 잘해 주시는 분인데, 왜 이런 일이 일어나는지 모르겠어요.”

정직하고 소박한 마음씨로 성실히 살아가는 청소 아주머니의 순진함이 묻어나는 말을 했다.

“그러게요. 이상하네요. 나도 모르겠습니다.”

경서는 끓어오르는 분노를 욕을 섞은 비명을 질러서라도 터뜨리고 싶었다. 옛날 전해 오는 ‘도적놈이 도적질한 후, 똥을 누고 사라지면 붙잡히지 않는다.’는 말을 실천할 인간은 도대체 누구인가?’

먼저 일어났던 급식소일도, 복도에 똥을 싸질러 놓은 사건도 아이들끼리 행했다 하기에는 뭔가 석연찮았다. 하지만, 사건에 대해 조치를 취할 수 있는 방법은 교장실 앞을 자주 지나다니는 사람들에게 ‘혹시 아이들이 이상하게 행동하는 것을 봤느냐?’ 탐문하는 수준으로 끝났다.

며칠 후 청소하는 직원이 바뀌어 다른 아주머니가 출근했다. 행정실장을 불러 '왜 청소하는 아주머니가 바뀌었느냐?' 물었더니 "우리 학교 똥 사건을 이 학교 저 학교로 소문내고 다녀, 청소업체에서 우리 중학교에서 먼 초등학교로 발령을 냈다."고 전달받았다 했다.

본 대로 느낀 대로 정직하게 말을 전하는 청소 아주머니는 이상한 사건들을 음성적으로 만들어가는 사람들과 패거리에게 불편한 존재였다. 청소용역업체에서 청소부채용과 인사는 그들의 일이니 그냥 넘어갔지만, 행정실장도, 용역업체도 다 이상하게 느껴졌다. 이 사건이 있고 얼마 지나지 않아 정말 말도 안 되는 사건이 또 일어났다. 장애 학생이 등교 후 사라진 사건이었다.

장애인 학생은 아버지와 주말에 어디로 갔다 오는 예행연습을 한 후 월요일에 학교에 와 1교시 시작 직전에 학교에서 소리도 없이 사라진 것이었다. 학교장의 학생 관리 소홀, 또는 무능으로 몰아가려다 출장으로 교장이 공석이 되자 중도에 마무리된 일이었다.

# 100대 교육과정과 새로 온 교감


경서가 부임하고 1년 만에 이승원 교감이 교장으로 이동되었다. 이어 도이만 교감이 왔다. 인종수 교육장은 고향 후배라는 소개를 하고 갔다. 말없이 자신의 일에 충실하던 과학과 고운심, 박영수, 윤신아, 배재희, 정희순, 황혜수, 구진희, 박혜영. 국어과 오영진, 황인호. 사서 유혜인. 전산 이우홍. 영어 한숙희. 도덕 한은채. 역사 오수덕. 영양사 고영자 등등.

이름을 모두 기억할 수 없지만 훌륭한 교사들과 눈앞에 유익을 쫓지 않고 기본교육에 충실하고자 경서를 도왔던 학교 구성원 덕분에 교육활동이 짜임새 있게 변해갔다. 도 교감이 온 후 2년에 걸쳐 학교가 제법 평화로운 속에 안정되고 교육과정도 활기가 있게 진행되었다.

그러나 한편 이승원 교감, 이미진 교장은 학교의 평판과 학교장이 유능하다는 소리가 들리는 것을 불편해했다. 더구나 인종수 교육장은 후배를 부탁했음에도 이승원을 보낸 경서를 가만히 두고 싶지 않았던 것이다. 권력에 대적하는 경서의 오만함이 괘씸죄에 걸려 있었다. 그는 경서와 선한 교사들이 힘을 합해 일구어낸 것을 인정해 주고 싶지 않

190

왔다.

이때 학교평가가 도입되었다. 학교 외부 학교평가단은, 교감 1명, 교무부장 1명, 학부모 1명, 학교운영위원 1명으로 팀이 되어 학교별로 평가하러 다녔다. 학교장을 혼내 주는 방법으로는 학교평가를 하위로 주는 것이었다. 인종수 교육장이 학교평가단에게 그 학교는 문제가 많다는 교육장의 의사를 충분히 반영하는 수하를 보내 '최하' 평가를 줬다.

그러나 그 평가단이 각자 학교에 돌아간 후에 돌아온 말은, 아무도 할 수 없는 일을 해냈다고 한 말이었다. 우리 학교 학부모가 한 평가는 5점 만점에 4.5점이 넘게 나왔다. 경서는 많이 억울했지만, 막무가내 힘의 논리를 이길 수는 없었다. 경서가 영리하지 못해 권력의 힘을 겁내지 않았다는 것이 원인이었다. 아마 이승원 교감을 데리고 1년 더 일을 했다면, 교감이 대접 받고 부장 자리를 파는 일을 1년 더 했을 것이다.

평가단이 다녀간 후, 경서는 객관성 없는 평가가 이해되지 않았고, 왜 그렇게 점수가 낮냐고 문의했다. 이유인즉, 30권의 동일한 책을 구입한 것을 도서실 운영 점수를 최하위로, 또 예산 사용의 비효율성 등을 책잡아 점수를 깎았다고 했다.

평가단에게 분명히 그것은 수업시간에 교재로 같은 책을 읽고 토론수업을 하고자 한 것임을 밝혔고, 그들도 매우 공감하는 태도를 보이고 갔다. 평가는 하위로 주었으나. 평가단이 우리 학교 운영을 말하게 되어 많은 학교에서 도서실 운영과 토론학습에 대한 문의를 해왔다. 뿐만 아니라 새벽에 문을 연 도서실 운영으로 등교와 복장지도 등이 수월하게 따라온 것도 좋은 예였다.

우리 학교 교무부장은 매우 억울해 했다. 평가는 꼴찌를 받았지만 공식적이지 않고, 평가단의 입을 통해 도서실 운영과 교육과정 전체 짜임새가 다른 학교에 우수사례로 암암리에 전해졌다. 그러자 몇 학교에서는 아침도서실 운영에 대한 협의를 하고자 찾아오기도 했다. 그러나 대부분 '운영이 너무 힘들겠는데요?' 하며 고개를 갸우뚱하고 돌아갔다. 다녀간 학교에서는 우리 학교와 같이 운영하지는 않지만. 그 학교 나름대로 도서실과 토론학습을 운영한다는 소식을 전해 오기도 했다.

학교 평가를 최하위로 주어도 '이의 신청'은 하지 않았다. 시끄러운 것이 싫었다. 사람들 입질에 오르내리는 것도 싫었다. 그럼에도 불구하고 경서의 이런 철학을 망가뜨리고자, 보이지 않는 곳에서 인종수 교육장과 이승원 교감은 저들의 부탁을 썹어버린 것에 괘씸한 마음이 컸을 것이다.

전임교장 이미진은 단성여사대 선배 원이순과 한편이 되어 경서가 그들의 정치 노선을 배신해 전교조 도움을 받아, 학교 운영이 잘 돌아간다는 프레임을 씌우기 시작했다. 그 중심에는 원이순에게 계속 '감사놀이'를 하지 않는 경서에 대한 괘씸함이 컸고, 또 자신의 도움 없이도 후배보다 유능하다는 소문이 도는 것도 허용하고 싶지 않았을 게다. 경서가 정치 노선을 배신했다는 것에 김도자 도의원은 사건을 일으켜, 망신을 줘서 스스로 주저앉도록 기다리고 있었다.

그러나 그들은 알고 있었다. 경서가 배신을 때린 일도, 어느 편의 입장에서 일한 것이 아니라는 것을……. 그들은 진지아와 문재금이 오무성의 뒤에서 계속 충동질하도록 여론을 만들어 갔다. 이 모두 전임교장 이미진, 원이순, 인종수 교육장과 연결된 사람들의 합작품이었다.

발령조건이 안 되는 징계 중인 교사 문재금을 인종수 교육장의 사사로운 요청을 받아 이미진 교장이 S중학교 학생부장에 꽂았다. 그리고 이미진 교장과 이승원 교감이 자리를 준 부장들이 함께 움직였던 것이다. 억울하겠지만, 때론 복수의 인원이 단 1명의 단수를 이기지 못할 때도 있다.


2009년 교육감 선거가 있었던 4월 초에, 인종수 교육장이 관내 Y여중 김선영 교장을 통해 나를 골프장으로 불러냈다. 골프연습장에서 2개월 정도 연습을 한 경서는 필드에 나가고 싶은 마음이 커 얼떨결에 따라나섰다. 김선영 교장의 자동차에 실려 골프장에 가니 인종수 교육장을 빼닮은 사람이 있었다.

그는 Z출판사 대표 인종도라는 명함을 내밀었다. 교과서를 출판하는 Z교육 출판사 사장이라고 소개했다. 경서는 속으로 '이건 아닌데.' 하는 생각이 들었다. 그러나 '사건'은 시작되었다.

골프장에서 경서는 공치는 것이 생각같이 되지도 않았고 걱정이 앞섰다. 출판사 사장과 동행하여 골프를 친다는 것이 잘못된 일이었고, 어딘지 보이지 않는 곳에서 감시 카메라가 찍고 있는 것 같았다. 그런데 그는 김선영 교장과 함께 걸으면서 나에게 진보 K를 교육감으로 밀면 나를 교육장 자리까지 갈 수 있게 해줄 수 있다는 제안을 해왔다. 김선영 교장은 전교조가 아닌 교원총연합회 회원이며 보수를 표방하는데……. 경서는 '거미줄에 걸린 나비' 같은 느낌이 들었다.

가만히 생각해 보면 경서는 교사일 때 보통 다른 교사들보다 더 지시에 따라 움직이는 소극적인 교사였다. 그러나 경서는 교육이 순간순간 현시적인 교육행정에 따라 움직이는 것이 불만스러울 때가 있었다. 기본과 근원에 힘이 되는 교육과정을 운영하고 싶다는 열망이 있기는 했지만, 경서 자신에게 추진력이 있다는 것을 알지 못했다.

하지만 교장이 된 후 실질적인 학교 운영에서 생각보다 합리적이고 추진력이 있다는 사실을 깨닫게 되었다. 그렇다고 경서가 지금까지 지켜 온 '자유민주의 보수'라는 생각을 접을 수는 없는 일이었다. 더욱이 '전교조의 우산' 속으로 들어가 '교육장' 자리를 얻더라도, 개선되었으면 하는 방향의 교육행정을 할 수도 없을 것 같았다.

'그러면 더욱더 지령에 따라 충성해야 하지 않을까?' 하는 생각에 경서는 얼른 그의 제안을 피하고 싶어 "유능한 김선영 교장이나 시켜 주세요." 하고 넘겼다. 경서가 유능한 김선영 교장이라고 높여주자 김선영은 진짜 자신이 유능한 줄 알고 우쭐거렸다.

이래저래 집중이 안 되는 골프가 끝났다. 김선영 교장이 'Z교육 교과서 출판사 사장'이 제공한 30만 원 현금카드를 보이며, 골프장 비용은 원래 각자 내는 것이 예의라면서 오늘 골프비 대신이라고 건네주었다.

경서는 순간 고민했다. 쥐꼬리만 한 현금카드를 받고 돌려줘도 문제, 가져도 문제였다. 경서는 카드를 얼른 사용했다. 왜냐 하면 경서 자신이 카드를 사용하므로써 고발할 생각이 없음을 표한 것이었다. 경서는 카드 결제 후 바로 Z교육 C시 지부 출판사로 30만 원을 입금했다. 그리고 계좌가 적혀있는 명함과 입금증을 잘 보관했다.

그 후 경서에게 전해진 말은 'Z교육 출판사'에서 C시의 학교장에게 50만 원씩 주었다는 소문이었다. 교장에 따라 액수를 정하느라 그들의 머리를 얼마나 굴렸을까? 그들에게 나는 30만 원짜리 교장이었다. 말도 지지리도 안 듣는…….

오무성 교사의 사건으로 도이만 교감이 다른 학교로 전보되었고 다시 새로운 교감이 왔다. 경서가 S중학교에 3년 6개월 근무하였을 때다. 교육과정이 잘 짜여 있는 것을 여이화 교무부장이 편집하여 공모에 응모하였으나 뜻과 같이 100대 교육과정에 뽑히지 않았다. 그래서 다시 정리하여 4년 차에 응모하기로 했는데, 편집능력이 뛰어난 피후안 교감이 부임해 왔다. 피 교감은 뛰어난 문서 편집 능력으로 교육부 발령이 났던 것이다.

피후안 교감은 G사대 출신으로 외형은 매우 스마트한 태도를 보였다. 9월에 부임하였는데 항상 너무나 공손하게 인사를 하기에 나도 똑같이 예를 다하여 인사를 했더니, 뒤로 가서는 '교장이 교육부에서 근무한 자기를 너무 어려워하는 것 같다.'는 이야기를 해 실소하게 했다. '아, 이 인간도 또 똑같이 웃기겠구나.' 하는 생각이 들었다. 그러나 서로 예를 다하고 교육과정을 바르게 하려는 과정은 그런대로 잘 맞았다. 교감이 순회도 수시로 하고, 교사관리를 거쳐 간 두 교감에 비해 조금 더 안정적으로 했다.

피 교감이 온 지 6개월이 지났다. 경서가 4년 동안 일구어 놓은 교육과정을 피 교감이 보기 좋게 편집을 했다. 그리고 전년도 실패한 우리나라 100대 교육과정 공모에 냈고, 중학교 교육과정에서 최우수학교로 뽑혔다.

피 교감은 편집 능력이 뛰어나 S중학교 과정 내용을 보기 좋게 꾸며냈다. 그 후, 피 교감은 최우수를 수상한 S중학교 교육과정을 들고 전국 방방곡곡을 다니며, 자신이 다 운영한 것으로 선전했다. 피 교감은 4년의 교육과정을 입과 문서만 가지고, 자신의 업적인 양 떠벌였다. 교육부에서는 학연의 끈으로 교육과정 발표자 이름을 피후안 교감 이름으로 콕 찍어 내려 보내왔다. 일주일에 삼사일 출장을 다니며 출장비를 챙겼다.

4년 차 운영한 교장은 사라지고, 6개월 근무한 피 교감에게 모든 공적이 넘어갔다. 교육과정이 바르게 운영되도록 교사와 학부모를 조율하고 관리하는 일만 하는 경서의 모습을 보고, B도 교육청 윤영재 장학관은 답답하게 느꼈는지 이웃 학교 교장을 통해 "어째, 그 학교 교장은 교감같이 학교에서 학부모와 교사를 조율 관리하며, 교감은 자신이 마치 교육과정을 혼자 운영한 듯이 나서서 돌아다니는지 알 수 없다. 그것도 여섯 달밖에 근무하지 않은 학교 교육과정을 마치 자신이 다 한 듯이 교장처럼 날뛰고 다니는데. 그 교장은 왜 가만히 있기만 한대?"라고 흥본 말을 전해왔다.

교육부에 있는 학연과 지연으로 발표자 이름이 피후안로 공문에 딱 박아 내려오는 것을 교감과 경쟁하여, 교장이 운영했으니 교장인 자신을 불러달라 하기도 그랬다. 경서는 자신이 학교를 비우지 않는 편이 안정적인 학교 운영에 더 보탬이 된다고 생각했고, 또 실제로 그렇기도 했다. 다시 도교육청 또 다른 장학관이 넌지시 나무랐다.

"아니, 그 어려운 학교를 4년 동안 애쓴 학교장은 가만히 있고, 교감은 전국을 다니며 모두 자신이 한 일처럼 나대는데 교장은 학교 관리만 하고 있으니 참 답답해요."

경서는 발표자 피후안 교감 이름으로 오는 교육부 공문만으로도, 학교 운영이 잘되는 것으로 자신을 달랬다. 경서는 발표력이 부족하고 많은 사람 앞에 서서 말하는 것에 공포가 있었다. 그래서 더 가만히 있었지만, 시간이 지날수록 피 교감 얼굴이 두껍다는 생각이 들었다.

가는 곳곳에 모든 것이 자신의 치적이었다. 경서가 4년 동안 이루려 그 폭력배 같은 이상한 교사들을 싸안고 만들어 놓은 학교 교육과정을 6개월 근무한 본인이 다한 것 같이 떠들고 다니는 모습은 뻔뻔함을 넘어선 것이었다. 그것도 어찌 보면, 나서지 못하는 경서의 성격 때문이기도 했지만, 피후안의 양심 없는 교만 때문이기도 했다. 그리고 학연의 힘으로 윗선의 정해진 발표자 이름 때문이기도 했다.

그렇다고 경서가 데리고 있는 교감을 흉볼 수도 없었다. 그래서 피 교감은 도교육청에 가서 "우리 교장은 매우 좋다."고 이야기하고 다닌다는 속내를 경서는 알고도 묵인했다. 자기 마음대로 출장 다니게 해주는 교장이니 그런 말을 한 것이고, 일부 장학관들이 교장을 바보같이 바라보는 것을 다 알고 있었다.

6개월 동안 피 교감이 학교 교육과정에 무엇을 기여했다는 것인지? 자신은 알 것인데. 피 교감의 교만은 드디어 '구슬이 서 말이라도 꿰어야 한다.'면서 잘난 체를 했다. 온갖 고생을 다해 만들었던 100대 교육과정 공모에서 상을 탔지만, 경서의 승진을 막으려는 패거리들이 포상을 모두 교감과 교무부장 연구부장에게로 돌리려는 작당질이었다.

그러면서 그 포상을 주관하는 윗선에서 눈치가 보이니, "교장은 퇴직할 사람이니 승진에 도움이 될 사람들에게 포상을 주도록 하라는 암묵적 조치였다."고 말했다. 경서는 G사대, I교대, S대, A향우회도 학연 지연과도 거리가 멀었고, 패거리에도 들지 않았으니, 제쳐 놓기는 식은 죽 먹기였다. 또, 이미진 교장이 A향우회에 경서에 관해 있지도 않은 나쁜 소문을 퍼뜨리고 다녔는데, 당연히 그 당시 권력을 잡은 행정의 힘이 경서를 '적폐'로 규정한 것은 그들에게는 이치요, 거역할 수 없는 논리였다.

경서는 5년 동안 S중학교의 교육환경과 느슨하고 무질서하게 늘어진 교육과정의 줄을 조금이나마 팽팽하게 당겨놓았다. 자리를 뜨면서 '죽도록 일만 한 머슴이었어도 좋다. 나는 누가 뭐래도 떳떳하고 당당하다.'고 생각했다. 그렇지만 도교육청과 시교육청에서는 학교장이 좋은 학교 만드는 것을 바라지는 않는 것 같았다. '다음 학교로 가면 월급만 받는 교장이 되어야겠다.'는 결심을 했다. 5년을 꼬박 채우고 새 학교로 옮겼다.

# 마지막 근무지 P의 명도중학교

경서의 마지막 근무지는 P지역에 있는 소규모 신설학교로 명도중학교였다. 이 신도시에는 신설교가 세 곳 있었다. A학교는 신입생이 완성된 다섯 학급의 신설학교였고, B학교는 세 학급이 완성학급 학교로, 새 학년 때마다 학급수를 늘려 주는 학교였다. 그리고 경서가 간 학교는 중간 중간에 신도시로 이사 오는 가정의 학생들을 받도록한 미완성 다섯 학급 신설학교였다.

전입 오는 학생이 부정기적이고 다른 곳에서 사건 사고로 연루된 학생들이 문제를 숨기고 오는 경우가 허다했다. 그러니 자연스럽게 학교의 분위기가 산만하고 안정감이 없었다.

여기저기서 사건을 일으킨 학생문제의 중심에 있는 학생이 전입을 왔다. 안양의 R중학교에서 우울증으로 교실 창문을 넘다 잡혀, 그 이력을 숨기고 온 학생, 학교폭력을 숨기고 온 울산 시내의 주먹이 제일 센 학생 짱, 서울 C구에서 집단 패거리 싸움의 주동자, 대전에서 온 대전시 학생 짱(이 학생은 할아버지가 퇴직한 교장으로 아이의 문제가 권위적인 할아버지가 원인이었다.) 그리고 경서가 속해있는 C시에 전입

온 주먹 짱이 모두 명도중학교에 배정된 것이었다.

이렇게 파란만장한 다섯 명의 아이들에다 학교 자체 내에 폭력에 노출된 문제 학생을 안고 아침저녁으로 긴장했었다. 교육청에서는 이런 학생의 이력을 알고 있으면서 각 학교마다 한 명씩 분산하여 전입생으로 보내야 하는데도 불구하고, 경서가 부임한 학교로 대거 보냈다.

이러한 열악한 환경에 이제 무능한 교장이 되어 월급만 받는 편한 교장 노릇을 하려고 했으나, 교무부장이 아침저녁으로 교육과정에 대해 의논해 오면서 100대 교육과정을 공모하고자 노력했다. 백금자 교무부장의 열의와 노력을 무시할 수 없었다.

하는 수 없이 또 경서는 S시 교육청의 공모 예선에 학교 교육과정을 올렸다. 학교 행정절차에 따라 교감이 관리 감독하면, 교장으로서 편안하게 있다가 퇴직하고자 했던 결심은 무너졌다. 100대 교육과정 예선 공모전에 붙었다.

S시 교육청의 예선전에 피후안 교감이 심사위원으로 참여해 명도중학교 교육과정 내용을 상세히 알게 되었다. 그러자 명도중학교 이권실 교감이 학교장으로 승진 발령이 나서, 교감 자리가 공석이 되었다. 피교감은 명도중학교로 오겠다는 의사를 여이화 교무부장을 통해 경서의 생각을 물어왔다.

"교장 선생님, 피후안 교감이 교장 선생님 계신 학교로 가고 싶어 합니다. 교장 선생님 생각은 어떠세요?"

경서는 단호하게 거절했다.

"훌륭한 교장 선생님 만나 더 큰일하시라 전하세요. 왜 이리 작은 학교로 또 오시려고요. 절대 오시지 못하도록 전하세요."

경서의 의사는 반영될 수 없었다. 그들이 필요한 것은 경서가 내놓는 학교 교육과정 운영을 빼앗아가고 싶을 뿐이었다. 절대 오지 말라고 전달했음에도 불구하고, 결국 피후안 교감은 명도중학교 교육프로그램을 보고 뒤쫓아 왔다.

경서가 퇴직을 1년 남겨 놓은 해에는, 교육청에서 드디어 경서가 있었던 S중학교 학생 짱 까지 명도중학교로 보내온다는 것을 알려왔다. 참다못한 경서는 한계에 달했다. 이들은 문제가 일어나면 '교장의 책임'이라면서 문제 학생이 전입할 경우 각 학교에 분산 배치하도록 된 원칙을 지키지 않고, 학생의 문제 이력을 숨기고 경서에게 보낸 것을 항의했다.

교육청이 학생문제를 줄이려 분산 배치 제도를 만들어 놓고도 지키지 않는 이유를 물었다. S중학교 학생짱은 받지 못하겠다고 전학 서류를 돌려보냈다. S중학생의 이력은 경서에게 감출 수가 없어서 그대로 드러내 놓고, 이 짱들의 집합소로 보내겠다면서 교육청 전입학 담당자들이 떼거리로 몰려 왔다. 그래서 그들이 보내온 학생 다섯 명을 그래도 잘 교육하고 있는데 왜 또 더 어렵게 하려고 하느냐, 지금부터 문제가 생기면 교육청도 책임을 면하지 못한다는 말에 순순히 물러갔다.

그들의 의도는 교육에는 뜻이 없고 자신들의 입맛에 맞지 않는 교장을 골탕 먹이는데 있었다. 혈안이 되어 무리 짓는 학연, 지연, 향우회, 정치꾼 패거리의 힘이었다. 그리고 한 무리는 자신들이 기여나 노력도 하지도 않은 내용을 자신 것으로 훔치고자 한 패거리가 또 움직이는 것이었다. B도 출신의 C교육감의 등에 업혀 양다리 걸치기한 얼치기 보수 떨거지들이었다.

그 대표가 S시 교육청 연희숙 교육장과 피후안 교감이었다. 피후안 교감은 경서가 지금의 학교에 와서 2년 동안 다듬어 놓은 교육과정을 오자마자 포장하여 교육부 100대 교육과정에 다시 공모하였다. 또 상을 탔다. 모든 포상은 교감이 챙겨가고 다시 그 업적을 자기 것으로 둘러매고 나발을 불고 다녔다.

명도중학교 독서교육은 경서가 떠난 후, 해마다 조금씩 변화가 있었 겠지만, 2012년 경서가 있을 당시에 시작되었던 프로그램을 그대로 운영하고 있다.

이 독서 교육은 단답형이나 객관식으로 굳어져 온 우리교육의 평가 와 6.25 휴전 후 교육과정에서 계속 이어온 도서 목록을 주고, 책 읽고 독후감을 써오기의 교육이었다. 당연히 독서력이 있는 우수한 3% 미만의 학생들만 책을 읽는 경우가 많았기 때문에, 성장 후 성인이 된 다음에는 책 읽는 인구가 늘어나지 않았다.

그래서 경서는 교사들과 독서방법을 어떻게 바꾸면 실질적으로 책 읽은 인구가 늘어나는 독서 교육이 될까를 논의하기 시작했다. 책을 학부모도 학생도 같이 읽을 수 있도록 학급 독서동아리를 마련하고 읽는 것으로 끝내지 않고 서로 책에 대한 이야기를 나누는 간이 독서토론 환경을 만들어 교육프로그램으로 넣어 보자고 했다.

보스턴대학에서 100권의 책을 읽어야 졸업할 수 있었다는 것에 착안하고 중학교 학생에 적합하게 한 학기에 10권의 책을 읽게 하고 한 학년에 20권을 읽고, 졸업할 때 까지 60권의 책을 읽히고자 계획했다. 백금자 교무부장이 '1060독서 프로그램'이란 제목을 달았다. 그리고 학부모들을 독서 토론회 봉사자로 활용하기로 했다.

한 학급에 여덟 개의 동서동아리를 만들었다. 자녀와 학부모가 함께하는 독서동아리 1060독서프로그램 운영을 시작했다. 첫 번째로 각 학급마다 독서력을 갖춰, 독서 리더를 할 수 있는 학생과 그렇지 않은 학생을 고르게 분포하여, 한 동아리를 여덟 개 그룹으로 만들고, 독서 토론을 지켜봐줄 수 있는 독서봉사자 학부모를 여덟 명을 지원받았다.

그리고 책을 읽고 일주일에 한 번씩 만나 책에 대한 이야기를 하도록 운영했다. 학부모 봉사자들이 많이 힘들어 했지만 보람이 있다고 전하기도 했다. 담당하는 부모들이 자신들도 같이 독서를 할 수 있어 너무 좋았다는 후문도 있었다.

그런데 독서력이 우수한 학생은 책을 열심히 읽었지만 책을 읽어 오지 않는 학생도 있었다. 그들도 토론을 통해 책 내용의 절반 정도는 저절로 알게 되었다. 책을 잘 읽어오는 학생의 학부모들이 자신의 아이가 해 놓은 것에 다른 애들이 얹혀가는 것에 불만을 하기도 했었다. 그리고 아이들이 머무는 곳에 간식을 준비하는 것이 부담되어 불편해 하기도 했다.

그런 학부모에게 독서 후, 얻은 간접 경험은 듣기만 한 학생과는 직접 읽고 와서 전달하는 학생 간에는 무엇이 달라도 다르니 너무 경쟁

으로만 생각하지 않도록 학부모 연수를 했다. 아직까지도 이 독서프로
그램은 P구에 있는 명도중학교에서 하고 있다.

　그 외에도 많은 프로그램이 좋은 효과가 있었다. 학부모의 올바른 교
육 참여가 이루어졌고 이선미, 조이경, 김정현, 곽예은, 조수경, 사서 지
정연 외에 많은 교사들이 너무나 능동적으로 변화에 따라 움직여 주었
다.

　그래서 피후안 교감이 오자마자 교육과정을 포장할 수 있었고, 또다
시 100대 교육과정 중학교 최우수학교로 선정되었다. 경서는 이 프로
그램이 현시적이고 문서에 박힌 것이 아니라 실질적으로 운영을 했다.
그랬더니 S시 교육청에 새로 온 연희숙 교육장이 교육청에서 독서프로
그램을 운영한다고 학부모와 학생이 함께 하는 독서교육이라는 행사
를 진행하기 시작했다. 그리고 그 행사 참가를 위한 학부모와 학생을
학교에서 교육청으로 출장 보내라는 공문이 내려왔다.

　경서는 기가 막혔다. 교육청 단위에서는 학교 독서교육을 위한 독서
지도가 가능한 학부모 교육이나, 사서 교육을 해서 학교 독서 교육프
로그램을 지원해야 옳은데, 학교가 하는 프로그램과 똑같은 형태로 학
생과 학부모를 불러내는 그 교육장의 하는 짓에 울렁증이 났다.


　경서가 명도중학교로 발령을 받아 가니, 이 학교를 개교한 제1회 홍
석도 교장이 학교 바로 옆에 있는 교회의 건물이 세워지기 전에, 학교
강당을 일요일마다 예배당으로 빌려주었다고 했다. 그 교회목사가 교
회가 완성된 후 학생들에게 장학금을 보내왔다는 것이다. 이권실 교감

은 경서가 부임해 가자 호들갑스럽게 그 목사가 우리 아이들에게 장학금을 주니 인사해야 한다고 교회로 인사 가도록 종용했다.

그 목사의 방에 들어서니 약 160센티도 안 되는 작은 키에 얼굴이 하얗고 오동통하게 살찐 목사가 궁전같이 꾸며진 목회실에서 경서를 맞이했다. 경서는 교감의 지나친 충성 태도가 이해가 되지 않았지만, 학생들에게 주는 장학금에 대한 감사함인 것으로 생각했다. 경서는 목사에 대한 공손한 자세로 인사를 하고 학생들의 장학금 지원에 대한 감사를 표하고 나왔다.

그런 후에도 이권실 교감의 태도가 거슬렸다. '장학금에 대한 감사를 왜 저렇게까지 해야 할까?' 하는 생각이 들었다. 장학금에 대해 학생들이 감사편지를 쓰게 할 때까지는 교육이려니 했다.

그러나 화려하게 꾸며져 있는 목회실과 감사편지를 전달한 아이들을 교회로 데리고 가서 지나치게 행사화하는 게 못마땅했다. 두 번째부터는 장학금을 주면, 학생들에게 감사편지를 써서 전하게 하고, 안 주면 안 했더니만, 장학금이 처음에는 400만 원이던 것이 2년 후에는 100만 원으로 줄어들었다.

경서도 처음에는 감사할 줄 아는 예절을 가르치는 좋은 방법이라고 생각했다. 그런데 거듭되는 감사 인사편지가 너무 행사처럼 되는 것이었다. 교회에 가서 목사는 높은 강단에 앉아있고, 학생들은 줄을 맞춰 들어가서 꿇어앉아 편지 낭송을 하는 행사에도 '의심'이 생기기 시작했다, 경서가 퇴직 후에 안 일이지만 그 교회가 구원과 교단이라는 것이었다. 학생을 보호해야 할 울타리가 온통 구린내로 요동을 치는 이

합집산의 소굴이었다.

퇴직 1년 전까지, 그들은 경서가 정년퇴직을 못 하고, 중간에 사표를 내도록 많은 사건들을 만들었다. 무엇보다도 안양에서 온 우울증을 앓는 학생이 창문에서 뛰어 내리면 어쩌나. 하는 걱정과 각 도에서 온 학생 짱들이 사건을 만들면 어떡하나 하는 걱정이 컸는데 사건은 엉뚱한 곳에서 일어났다. 급식소였다.

전임 홍석도 교장이 채용해 놓고 간 영양사는 영양사 노동조합원으로 음식 솜씨가 뛰어나지도 학부모와 관계도 매끄럽지 못했다. 그냥 급식실에서 자신의 할 일만 했다. 이 영양사를 채용해 놓고 학교를 떠난 홍석도 교장은 학부모들이 끊임없이 음식 탓을 하게 하여 경서에게 그 영양사를 내쫓는 악역을 만들려 했다.

그러나 경서는 그들이 자신을 저울질하고 있다는 것을 잘 알기에, 어느 날 영양사를 불렀다. 국물을 맛있게 내는 법과 그릇을 닦을 때, 쓰이는 세척제를 적정량 사용하여 냄새가 나지 않도록 조치했다. 기간제 영양사는 경서가 자신을 염려하고 도와준다는 생각이 들었는지 급식소 일을 잘하려 노력했다.

영양사 노조에서 파업을 해 점심준비가 안 되는 일이 일어났다. 그 영양사는 노조에서 두세 번 파업을 할 때, 참가하지 않으면 안 되기에 첫 번째 집회만 참가하고 학교와 학부모를 위해 불참을 선택해 주었다. 그런 영양사의 노력에도 불구하고 사건이 일어났다.

그 당시 JM이 시장이던 시절이라 시의 보조금을 받아 반찬 한 가지를 더 넣으려면 시청에서 나오는 채소와 식재료를 구입해야만 했다. 시스템을 그렇게 해 놓았다. 학교 급식 물품을 시청에서 구입하지 않으면 급식 보조비 50퍼센트가 지원되지 않았다. 또 급식물품 업자 입장에서는 학교 급식에 물건을 시청으로 입고하려면, 시청에 얼마나 충성을 해야 했을까 상상이 되었다. 급식물품을 학교장이 자유롭게 구입할 수 있는 것 같았지만, 시청에서 지원해 주는 급식 보조비 50퍼센트를 지원 받으려면 무조건 시청에서 물건을 구입해야 했다.

학교장이라도 다른 곳에서 식자재 구입이 불가능했다. 50퍼센트의 감액 지원으로 교장이 급식 업체를 선정하거나 할 경우를 차단하고 또 물품 입고 업자들도 시청에 잘 보여야 되도록 하여 경서가 보기에는 이것도 부정부패의 고리가 되겠다는 생각이 들었다. 하여튼 시청에서 구입하는 것은 모두 유기농이라고 했다. 시들어 빠진 야채도 누런 떡잎이 붙어 있어도 유기농이었다.

명도중학교도 50% 감액 지원을 받아, 반찬 한 가지라도 나은 급식을 제공하고자 시청의 물건을 구입했다. 그런데 급식실에 사건이 발생했다. 밤에 급식실로 도적이 들어왔다. 그 도적은 영양사 노트북을 뒤지다 숙직 담당자에게 덜미가 잡혔다. 그 도적은 건국대 부동산학과를 나와 무직인 청년이었는데, 체육과 출신의 조재광 교육장의 후배 아들이라고 했다.

경서는 이 사건을 파출소에 알렸는데, 파출소에서는 가능한 한 묵인하고 넘어가려 했다. 그래서 경서는 하는 수 없이 학교운영위원회를 열었다. 그 청년의 부모를 회의에 참석시켰다. 혹시, 이 청년이 급식실에

설사약이라도 뿌렸다면 어떻게 하겠느냐는 생각이 들어서, 학교 영양사가 추천하는 청소업체를 선정해서 대청소를 했다. 그 비용 80%는 그 청년의 부모가 담당하고 나머지는 창문 잠금 관리를 잘못한 학교가 부담하기로 학교운영위원회에서 결정이 났다.

창문을 잠그는 것도 조리사가 하고 마지막으로 영양사가 책임을 져야 했는데 영양사가 다 확인을 했는데, 조리사 한 명이 창문 잠금장치를 하나 풀어 놓고 간 것이었다. 영양사의 노트북 속에 무엇을 찾으려 했는지는 모르나, 음탕한 계획이 이루어지지 않았다. 문 잠금장치를 풀어 놓았던 조리사가 도적이 다녀간 일주일 후 뜨거운 물로 다리에 화상을 입었다는 보고가 들어왔다. 그래서 경서가 얼른 그 조리사를 찾아가려 했더니, 행정실장(6급)이 말렸다.

"교장 선생님, 제가 가 본 후에 생각해 보세요."

"그럼 먼저 한번 다녀오세요."

행정 실장이 다친 조리사를 방문하고 온 후 보고했다.

"교장 선생님, 아주 조금 낮은 화상을 입었어요. 그러니 가 보시지 않으셔도 됩니다."

그래서 전화라도 한 통 넣으려 했더니, 행정실장이 또 막았다.

"교장 선생님, 너무 낮추고 들어가시면 안 됩니다. 그냥 두시는 것이 더 조용히 끝날 수 있습니다."

"그래요? 그래도 다쳤는데 한번 가 봐야 할 것 같은데요?"

"가 봐야 할 만한 상처가 아닙니다."

적극 말리니 또 한 발 물러설 수밖에 없었다. 아니나 다를까 조리사가 교육청에 고발을 했다. 그래서 사건의 경위서와 처리한 전말 과정을 보고해 올리라는 공문이 내려왔다. 행정실장이 자신이 써 보내겠다고 하기도 했고, 또 그 일이 행정실장의 담당이기도 했다.

"그렇게 하세요." 하고 기다렸다. 경위서와 처리 결과에 대한 해명서가 올라오지 않아 행정실장에게 그 문서를 보내기 전에 가져오라고 했다. 행정실장의 경위서 속에는 자신만 열심히 환자를 찾아보고 처리한 것에 대한 보고가 있고, 학교장이 처리하도록 지시 내린 내용을 쏙 빼놓았다. 행정실장을 불렀다.

"실장님, 어찌 교장이 한 일은 하나도 없고, 무관심인 듯이 경위서와 보고서를 작성했어요? 다시 내가 내린 지시 사항과 경위도 다 넣고 수정해오세요."

다시 작성하게 하여 보고하였다. 그랬더니 교육청에서 뒷정리 잘하라는 정도로 마무리가 되었다. 행정실장이 처음 쓴 경위서와 처리 과정을 보냈다면 교육청에서 문제화할 수 있었을 것이다. 경서는 자신이 직접 해야 하는 일이 더 생기겠다는 생각이 들었다.

교육청과 마무리하고 행정실장을 앞세워 조리사 집을 찾았다. 그러나 계속되는 트집을 잡는 것이 위로금을 내라는 말이었다. 경서는 절대로 그렇게 해서는 안 된다는 생각이 들었다. 경서가 화상 부위를 보자고 해도 보여주지 않았고, 화상약이 너무 비싸다는 말로 돈을 받아내려 했다. 경서는 그 약을 얼마나 발라야 그 화상이 완치가 되겠냐 했더니, 두 통이라 했다. 경서는 그 약을 사서 보내 주었다.

그 화상도 사실은 급식실의 또 다른 동료 조리사와 뜨거운 물을 버리려다 실수로 일어난 일이었다. 그 실수한 동료는 이 조리사의 계획된 작은 사건에 말려든 것이었다. 그 동료에게도 돈을 요구했다. 자신이 만들어 낸 실수인데, 정말 말리지 못할 인간의 비열함과 악함을 보는 수밖에 없었다.

그 조리사의 남편은 서울시 공무원노조 위원장이었다. 경서한테 돈을 뜯으려 하다 실패하니 동료, 그것도 자신이 저질러 만들어 놓은 화상을 가지고 돈을 뜯어가는 그 몰염치함을 무어라 말하겠는가? 그러면서 그들은 힘없는 노동자를 위하여 노조활동을 한다고 머리띠를 두르고 자신이 해야 할 일의 일부를 동료들이 힘들게 하더라도 자신의 권한을 챙기며 정치하러 다니는 사람들인 것을…….

전임 홍석도 교장은 그 지역 학부모들을 뒤에서 조종하여 음식을 계속 탓하게 했다. 영양사를 사표 내도록 하여 학교에 문제를 일으키고 싶었으나 영양사를 잘 관리하여 문제가 없자 노조 활동하는 조리사가 일부러 스스로 아주 작은 화상을 입게 하는 사건을 만든 것이었다.

퇴직하기 전까지 계속 쫓아다니던 피후안 교감은 자신이 교장을 하면 잘할 것으로 생각하였다. 피 교감은 교육부에서 왔다는 조건과 G사대, A향우회 힘으로 진보 교육감이 팍팍 밀어주는 B중학교 혁신학교로 점찍어 승진발령을 받았다. 일부 정신없는 학부모들은 혁신학교를 열광하며 아이들을 전학시키고자 안달했다.

그러나 피후안은 그 학교에서 그 많은 예산과 지원에도 불구하고 교육과정이 자신의 뜻과 같이 운영되지 않자, 자신과 함께 근무하는 교감의 무능을 탓하고 다녔다. 사실은 자신이 교감일 때 학교 교육과정 운영을 위해 무엇을 했는가를 반성해야 했다.

100대 교육과정에 나갈 교육프로그램이 탁상공론을 끝나는 문서와 현시적 행정으로 마감되지 않기 위해 그 당시 같이 근무한 교장이 어떻게 학부모, 학생, 교사를 조율하고 노력을 했는가를 뒤돌아 보아야 할 때가 왔는데도 그는 양심에 털이 난 사람이고 보니 현재 같이 근무하는 교감의 무능을 탓하고 흉보고 다녔다.

피후안 교장이 교감이었을 때, 잘 한 일은 학교 교육과정을 문서로 편집을 잘했다는 것과, 100대 교육과정 결과물을 가지고 자신이 모두 운영한 것 같이 전국 학교를 다니며, 강의료와 출장비 챙기며 교육과정 운영에 있어 우리나라 일인자 노릇만 했다는 것이다. 이 사실을 부끄럽게 생각해야 할 시간이었다.

경서는 안다. 학교 교육과정운영은 교장의 뜻이 확고하고 지도력이 있으면, 교감의 무능은 교육과정 일부분의 운영이 미진할 수는 있지만, 피후안 교장의 학교같이 예산과 지원이 뒷받침되는 상황에 이루지지 않는 것은 교장이 무능하거나 교육과정의 핵심을 보지 않고 잿밥에만 마음이 있는 것을 의미했다.

경서가 교장 시절 학교 교육과정을 옳게 운영하려 노심초사하면서 만들었던 전 과정이었는데 피 교감은 모두 자신이 한 것 처럼 전국을 누비며 출장 다녔다. 출장비를 사이드 수입으로 챙기고 얼굴도 내고 '잘난놈 놀이'나 하면서 우리나라 교육과정의 일인자로 뻔뻔한 활동을 했다.

경서는 남의 성과를 자신이 한 업적인 양, 북 치고 장구 치고 다녔던 피 교감을 보면서 허탈하기도 했고, 많이 억울하기도 했다. 그러나 눈 감았고, 감내했다. 왜냐하면 피 교감이 일주일에 사나흘씩 학교를 비웠거나 말았거나, 경서는 본인의 의지대로 학교 교육과정을 꿋꿋하게 운영하면 되었다.

피후안은 지난 이승원 교감처럼 부장 조직을 결근과 불성실한 교사들을 자신의 사익으로 봐주고, 교사들의 근무 기강에 어긋나게 자신의 작은 권한을 사용해 학교근무 기준은 무너뜨리지는 않았다. 피 교감이 학교 교육과정운영에 아무 영향력을 주지 못했으므로 그냥 내버려 두었다. 교감이 자리에 없으면 교감 대신에 경서가 학교 순회를 두 번 더 하고, 학교 안팎을 더 살피면 됐다.

피후안의 작태는 한 마디로 '제사에는 마음이 없고 잿밥에만 신경 쓰는' 교감이었다. 밖에 나가 춤추고 놀고 출장비 벌고, 하지만 이승원 교감처럼 교육과정 운영에 악영향을 미치는 일은 없었다. 자리에 없는 날이 더 많았으니, 영향을 미칠 일을 할 수도 없었다.

물론 도교육청 장학관은 '교장이 학교에서 교감 일을 다 해주고 교감은 교장 행세하면서 외유만 한다.'는 말이 귀에 자주 들어왔지만 못 들은 척했다. 이때 당시, 경서의 입장을 누구보다 잘 아는 선생이 있었다. 그 선생은 경서와 피 교감과 함께 근무했었다. 그 선생이 경서에게 말했다.

"S중학교의 교육프로그램은 모두 교장 선생님의 노력인데……. 교육운영 내용에 따라 조직하고 학부모들 뒤에서 조율해 주어서 된 것을,

피 교감은 모두 자신이 한 것 같이 혼자만 출장 다니니 정말 속상했어요. 교감 선생님은 자신이 한번 프리젠테이션을 하면, 한번은 교장 선생님이 할 수 있도록 해야 하는데, 어찌 저렇게 양심이 없는지 모르겠어요. 교장 선생님은 천사예요."

"아, 바보라고 일러줄 필요는 없어요. 선생님. 아마 교감이 발표 능력도 있고 교육부 사람들과 학연과 연결고리가 나보다 많아서 자꾸 강사 초청이 오나 봅니다."

"그런데, 왜 교감 선생님은 자신이 하지도 않아 놓고 마음이 좀 찝찝하지 않았을까요?"

"우리 학교 일이니 자신이 했다고 할 수도 있지요."

결국, 피후안 교감이 교장이 되더니, 학교교육과정 안에 넣어 있는 각종 프로그램이 잘 만든 문서처럼 운영이 되지 않았다는 것이 널리 소문을 타고 경서의 귀에 까지 왔다. 옆에 있던 오수덕 교사가 말했다.

"이제 피후안 교감도 학교교육과정에 널려있는 프로그램 운영을 위해 교장 선생님이 얼마나 뒤에서 노력했는지를 알게 되겠네요."

하지만 피후안은 자신의 무능이 무엇인지 모르고 현재 피후안 교장과 함께 근무하는 교감 탓만 한다면서 교사들이 피 교장을 비웃는다고 했다. 8년 동안 그들의 패거리 싸움에 시달리는 역할만 한 어리석은 퇴직 교장으로 남을 경서에게 잠시 위로가 되는 평가의 말을 해주었다. 오수덕 교사의 지나가는 위로의 말이 왠지 더 가슴이 시렸다.

교실 붕괴가 일어나며 변화하는 학교문화 속에서 교장을 한 8년이란 시간 속에 동향이면 만사형통한 지연의 잘못된 힘과 전교조의 말도 안 되는 '떼법' 같은 억지를 설득하기 위해 얼마나 많은 마음의 협상을 했던가? 동향 교사와 무리에게 기회를 더 주는 덕에 능력도 힘도 부족한 경서는 여러 차례 기준에서 밀리는 일이 있을 때마다 '자신의 무능'으로 달랬던 기억, '눈치껏 약게만 하면 된다. 누군가가 새로운 방법으로 노력해야 할 이유가 없다.'는 것을 뻔히 알면서 그러지 못해 어리석음을 보이며 걸어온 시간들. 특히 B도에 많은 지연, 학연으로 시시비비를 가릴 것도 없이 뭉치기만 하면 힘이 되고 길이 되었다.

이것이 가져다주는 문제가 교사부터 학부모 학생 지역사회 전체가 엉켜있었다 그 속에서 경서가 G권역의 출신이라고 그들 모두가 잡으려는 적폐라는 꼬리를 달아 놓고 '무능 잡기'에 술래가 되어 함께 잡으려는 8년이었다. 그럼에도 좋은 교육과정 운영으로 그들의 힘을 덮어보려 했던 경서의 어리석음은 더 많은 사건 속으로 빨려들게 했다.

학교관리를 잘못하는 교장으로 몰아, 빨리 무대에서 내려오라는 그들의 힘 놀이에 쫓겼던 시간들. 그리고 재주 부린 곰을 쓸개까지 빼내는 조직의 힘에 빼앗긴 시간에 얻어낸 것은, 그래도 조금이나마 기본에 충실한 교육과정에 힘이 되지 않았을까? 하는 작은 기대감이었다. 손대지 않고 코풀기를 하고 싶은 교활한 잡배들의 썩고 무지한 '방향성 없이 흐르는 괴물' 같은 세력에 휩쓸리지 않았던 것만으로도, 경서는 정도를 걸어온 자신을 위로할 뿐이었다.

# 끝까지 이어지는 사건들

인종수 전 교육장이 교원총연합회 회장을 맡았다. 당시 발행한 '교장 명단 도감'에 경서의 이름은 없다. 교원총연합회에 전화를 해 '이름이 빠져있는 이유'를 물으니, B도 지부 연합회 회장의 실수로 명단에서 빠졌다며, 지금 어떻게 할 수 없다고 대수롭지 않게 넘어갔다.

'아, 이것도 인종수 교원총연합회 회장이 의도적으로 한 일이구나.'라는 생각이 들었다. '우수한 두뇌가 희한하게 쓰이는 구나!' 교원총연합회에서 발행하는 교총교육도감에 전국 교장 이름이 기록되는데 교묘하게 그 책에 경서의 이름을 빼버린 것이다. 그는 끝까지 경서를 교장으로 인정하지 않을 수 있는 모든 방법을 찾고 있었다.

인종수의 마음속에는 C교육감 지지를 말했는데도 불구하고 지나쳐버리고 후배 이승원 교감 하나도 거두어주지 않은 것에 대한 괘씸죄와 어느 편에도 속하지 않았던, 경서를 그들의 사람이라고 생각하지 못하게 했다. 그들은 경서가 능력껏 뭔가를 이루어 놓으면 저들 패거리(학연, 지연, 향우회)가 서로 빼앗아 그들만의 사람들로 채우려 했다.

Z교육출판사 사장이 준 명함과 경서가 Z교육 출판지부로 입금한 입

금융지를 보관하고 있었다. 인종수 교육장의 '보수'로 위장한 것이 드러날 증거물은 명도중학교에서 절반이 분실되었다. 분실과정은 경서가 '승진 서류'를 준비하기 위해 졸업장, 각종 상장을 '원본대조필'을 하기 위해 학교 캐비닛에 보관했었다. 상장원본 보관통에 명함과 입금증을 같이 넣어두었는데 피후안 교감이 그것을 알게 되었다.

그래도 난 피후안 교감까지 인종수의 또 다른 행동 대원이라고 생각하지 않았다. S대 사대와 G사대 출신들이 항상 으르렁거리며 서로 물고 늘어지는 모습을 봐서 피후안을 G사대 패거리로만 알았다. 그러나 그들의 공통점은 '보수'를 표방한 A향우회였고, 겉으로는 P를 외치면서 안으로는 C교육감의 지지자였다. 특히 피후안은 경서에게 들으라는 뜻으로 '박근혜'를 연호하면서 실질적으로는 '촛불시위'의 '불씨'들로 활동했다.

어느 날 '승진 서류'를 내기 위해 캐비닛을 열었다. 졸업장과 상장, 그 통 속에 보관한 명함과 입금증, 전교조 교사들이 학교평가 반대를 위해 교장 몰래 만들었던 B4용지의 대자보 등이 감쪽같이 사라졌다. 모두 사라진 것이다. 서류 마감일인데 경서는 너무 당황스러웠다. 경서의 주변에 이상한 일들이 많이 일어나 또 머리를 아프게 했다.

경서는 외출을 달고 급히 집으로 달렸다. 집에 상장과 졸업장의 복사본이 있었기에 그것을 챙겨 다시 학교로 와 서류를 모두 챙겨냈다. 피후안 교감이 상장 원본 대조필에 도장을 찍어야 하는 것에 머뭇거렸다. 그 머뭇거림은 원본을 자신이 가져갔는데 교장이 모두 복사해 왔으니 이상했던 것이다.

경서는 피후안이 그것을 모두 훔쳐갔다고 단정할 수는 없었다. 그러나 피후안 교감이 교장 승진발령 후, 학교 책상의 위치를 바꾸려 대청소를 했는데, 피후안 교감 책상 밑바닥에 나의 빈 '상장 보관통'이 쳐박혀 있었다.

경서가 승진하는 것을 인종수 교육장은 수단과 방법을 가리지 않고 방해했다. 그들의 두 얼굴을 숨기기 위한 것이었다. 경서는 그들의 두 얼굴을 누구에게도 전하고 싶지 않았고 알고 싶지도 않았다. 단지 1회적이고 현시적인 행정을 하지 않고 교육의 근원적인 문제를 다룰 수 있지 않을까?' 하는 경서 자신에 대한 믿음이 '승진'에 관심을 갖게 했다.

그러는 경서에게 서류를 내지 못하게 하려 졸업장, 상장 원본을 모두 훔쳐간 덕분에 또 모든 상장과 졸업장을 분실 신고하고 재발급하여 재발급 된 원본을 지니고 있다. 누가 경서의 문서를 훔쳐 갔는지 알 수는 없었다. 그들에게는 몰아낼 적폐가 필요했다. 하이에나처럼 적폐를 찾아 늘 목말라 했다. 사실은 자신들이 적폐인 것을 알면서도…….

주변에 도움을 요청할 곳이 없고, 패당 짓지 않아 힘이 없거나, 가족이나 식구가 권력이 없다 싶은 경서를 적폐로 찍어 몰아붙이면서 경서가 해 놓은 잘 된 일은 모두 자신들의 업적으로 빼앗아 갔다.


모두 털리고 빈손으로 퇴임할 시간이 다가왔다. 퇴임식이 간소화되는 사회적 분위기이기도 있지만, 경서는 퇴임식에 아무도 초대하지 않았다. 그리고 조용히 학교를 떠나는 날이 왔다. 아무런 후회도 없었다.

억울함은 가득했지만 자신의 힘으로는 해결할 수 없는 상황이었고, 교장 8년 동안 힘들었지만 잘했다고 생각하면서 학교를 떠났다.

그리고 그렇게 많은 무리가 경서를 쫓았지만 그래도 경서는 꺾이지 않았다. 그리고 조용히 사라졌다. 그 해는 학생들이 희망하는 학교에 많이 진학하였다. 진학 당시, 면접관으로부터 "어떻게 이렇게 독서와 독후감과 다양한 교육활동을 할 수 있었느냐."는 질문을 했다고 전해 들었다.

희망한 학교에 합격한 학생으로부터 그 학교 교육과정 정말 훌륭하다는 말을 들었을 땐, 만감이 교차하며 뭉클했다. 또, 묵묵히 교육일선에서 열심히 일하는 이선미, 진영은, 오영진 윤이화, 주하영 선생님들이 나에게 위로의 말을 전했다.

"많이 힘드셨지만, 결국 교장 선생님이 B도 교육청을 이기셨습니다. 학교 교육과정을 얼마나 기본에 충실하게 하신 것을 우리들이 잘 압니다."

올바르게 움직이지 않으면서 기울어진 가치기준으로 경서를 그렇게 투망에 물고기 몰듯이 자신들의 뜻과 지시에 따르게 하고자하던 조직과 편 가르기 하는 사람들을 두고 학교를 떠났다.

# 이야기를 끝내다

윤경아!

긴 이야기 이제 마무리해야겠다.

나는 아름다운 원피스를 벗고 면 티셔츠로 바꾸어 입는 꿈을 꾼 날, 같은 시에 있는 Y중학교 김선영 교장이 나를 골프장으로 데리고 갔다.

교육감 선거가 있었을 때였고, 그날 인종수 교육장과 이미진 교장의 패거리에 걸려들었다. C교육감을 지지하면 '교육장'까지 갈 수 있다고 회유했을 때 넘어가지 않았더라도 지혜롭게 항상 그들의 편인 척 했어야 했는데. 나는 정치적 속임수를 하지 못했던 것이 첫 번째 문제였다. 너의 동창 이미진 교장과 너의 대학 선배 원이순이 학연으로 패거리 짓고 대신 나는 '감사놀이'를 멈춘 것이 그 소문의 원인이 되었다.

네가 나에게 던진 그 질문을 네 동창과 너의 그 잘난 선배가 만들어 낸 자신들의 또 다른 모습이지 않을까 한다. 교장을 넘어서려면서 정치적 노력 없이 능력으로 인정받으려 노력한 어리석

은 나의 순진한 점, 그것도 김일성을 추종하는 좌빨 교육감 밑에
서…… 웃긴 것이었지.

나는 어느 편에 서지 않으면서도 서로 자기편이라고 생각할 수
있는 노련함이 없었다. 내가 능력껏 뭔가를 이루어 놓으면 저들
패거리(학연, 지연, 향우회)가 서로 뺏어가려 소문을 내거나 여
론몰이의 덫으로 나를 옭아매었다. 인종수 교육장에게는 내가
찍혔을 것을 예상했지만, 가장 큰 실수 중에 하나가 네 동기생
이미진과 선배 원이순이 나를 가장 힘들게 한 중심인물이란
것을 깨닫지 못했던 점이란다.

이미진 교장이 후임 교장인 내가 자신보다 말썽 없이 학교 운
영을 잘 하고 있다는 것도 받아들이고 싶지 않았을 테고 가치 기
준도 그들과는 달라도 너무 달랐다. 그래서 그들이 그런 작당을
벌이리라고는 누가 상상이나 했겠니? 네가 나에게 던진 이상한
질문 때문에 이 편지를 쓰다 보니 더 명확해진다.

이미진의 다소곳이 속이는 거짓에 화가 치밀어 오른다. 이 많
은 이야기를 늘어놓아야 하는 가장 큰 원인은 내가 세상에 대해
'무지하고 순진하게'만 생각했던 어리석음 때문인 것 같다. 이미
진과 그 패거리들은 몰아낼 적폐가 필요했고, 자신들의 두꺼운
낯을 정당화할 이유로 주변에 힘이 없고 패당 짓지 않는 사람을
몰아붙이면서 자신들의 이익을 찾는 모리배들이라 여겨진다. 그
들은 세상눈을 가리고자 필요에 따라 적폐를 양산한 사람들이었
다. 정작 자신들이 적폐임에도 말이지.

참 쉽지 않는 교장을 했다. 그러나 바르게 하려 노력했고 큰 능력이 없어 피해 가는 영리함도 없었지만 있는 힘을 다해 보내온 시간이라 후회가 없다.

윤경아, 이제 우리 나이가 일흔이 되었다. 그래도 이런 긴 이야기를 써 보낼 수 있음에 감사한다. 네가 오스트리아 생활이 싫증이 나서 다시 고향으로 돌아온다면, 혹시 만날 수 있을지도 모르니 우리 건강하자.

학교를 떠나 온지 10년이 흘렀다.

교직 생활 마지막, 8년 교장시절이 치열한 삶의 현장이 되어버린 상황에서 학교를 떠나 추억으로 미련을 갖기엔 영 마음이 내키지 않는다. 40년 세월이 그냥 공중으로 날아 가버린 허망함을 안고 있다. 책임감 없는 리더의 무리가 눈앞에 있는 힘을 좇느라 튀긴 흙탕물을 맞으며 견뎌온 시간들이었다.

그래서 적어도 나에게는 학교란 곳이 아름답지만은 않다. 그런데 나의 생각을 재고해야 할 일이 바로 일어났다. 퇴직한 그해 3월 초, 욕심 없이 웃고 지냈던 지나간 과거가 현재로 돌아와 있다.

1975년 3월에 처음 만나 1978년 2월까지 3년을 같이 공부했던 제자들이 퇴임을 축하한다며 찾아왔다. 철없고, 부족한 나를 만났던 어리고 순진했던 소녀 소년들이 너무나 멋진 모습으로 앞에 서있었다. 그들이 말하는 모습을 보면서 가슴이 떨렸다. 그리고 마음에 감사가 넘쳤다.

그러나 여기 내 앞에 서 있는 나의 제자들에게 정말 좋은 교사였을까. 생각이 머리를 스쳤다. 그 먼 시간을 잊지 않고 찾아온 그들에게 경서는 부끄러웠다. 그들은 지금도 잊지 않고 가끔 만남을 만들어 나를 기쁘게 하고, 또 나의 부족함을 깨닫게 해주는 존재들이다.

훌륭한 스승에 잘난 제자가 있다는 말보다는, 잘난 제자가 훌륭한 선생을 만든다는 말이 바른 말인 것 같다. 나의 제자들은 세상살이에도 당당하고 멋진 모습이다.

　"나는 너희들에게 해준 것이 없는데……."

　"선생님, 그때 저희들이랑 같이 계신 것이 교육이죠. 선생님이 함께 계셨기 때문에 저희들이 있어요."

　제자들의 겸손을 보면서 나는 또 스스로 반성한다.

　나의 마지막 교직 생활이 아무리 어려웠더라도 뒤돌아볼 수밖에 없게 만드는 것은 학교에는 훌륭한 선생을 만드는 밝은 미래가 있다는 것을 알게 해 주었기 때문이다. 우리의 밝은 미래에게, 퇴임하면서 드리는 마지막 부탁의 말을 남긴다.

　"학교가 즐거운 놀이터가 되도록 노력하세요. 놀이에도 규칙이 있고 질서가 있습니다. 딱지치기, 카드놀이에도 규칙을 알아야 어울려 즐겁게 놀 수 있습니다. 대개 학교 놀이에 규칙과 질서는 부모님과 선생님의 잔소리 속에 절반이 숨어 있습니다. 이해가 안 된다고 무조건 무시하지 마시고, 찬찬히 살피고 듣고 받아들여 보세요. 이 세상을 살아가는 규칙과 질서를 찾아 자신의 보물로 만들어 보세요."

# 패거리 천국

초판인쇄 _ 2024년 11월 8일

초판발행 _ 2024년 11월 15일

지 은 이 _ 김효선

편 집 장 _ 하현숙

발 행 인 _ 홍순창

토담미디어

서울 종로구 돈화문로94, 302(와룡동, 동원빌딩)

전화 02-2271-3335

팩스 0505-365-7845

출판등록 제300-2013-111호

홈페이지 www.todammedia.com

편집미술 _ 김연숙

ISBN 979-11-6249-157-7